De la terre à la lune

by Jules Gabriel Verne

從地球到月球

【法文全譯插圖本】

儒勒・凡爾納 著
呂佩謙 譯

好讀出版

目錄

DE LA TERRE A LA LUNE

第一章　大炮俱樂部

美國南北戰爭期間，馬里蘭州[1]中部的巴爾的摩城裡成立了一個勢力強大的新俱樂部。眾人皆知，軍事的才幹在當時是以何其旺盛的活力在這一大群輪船業者、商人和機械技師之間蓬勃發展。許多普通的買賣批發商，從來不曾受過西點軍校[2]的訓練，就跨出他們的櫃檯，充當起尉官、上校、將軍。隔沒多久，他們的「作戰技藝」便和古老歐陸的同行旗鼓相當，而且也和這些同行一樣，憑著大量的炮彈，付出無數金錢和人命，贏得了不少勝利。

但是，美國人究竟在哪方面特別超越歐洲人呢？答案是彈道科學。並非他們的槍炮達到較高的精良水準，而是這些武器的體積大得出奇，因此射程遠，能發射的距離在當時算是前所未聞。在水平射擊、俯射或者直射、斜射、縱射或者反側射擊方面，英國人、法國人，和

1 馬里蘭州（Maryland）位在美國大西洋地區，南北戰爭時期，是北方聯邦政府的管轄區。
2 西點軍校（West-Point）美國第一所培養陸軍軍官的軍事學校。

普魯士人都已經沒什麼好學習的了。然而這些國家的大炮、榴彈炮、迫擊炮一旦和美國的龐然火炮相比，只不過是些袖珍手槍罷了。

這種情況其實並不令人訝異。這些美國佬——世界上第一批機械技師，是天生的工程師，正如同義大利人天生是音樂家，德國人天生是哲學家一樣。所以，看到美國人將他們自身大膽的發明才能運用到彈道科學上，是再自然不過的了。這些巨型大炮雖然遠不如縫紉機來得有用，卻同樣驚人，而且還比縫紉機受到更多讚賞。在這類型的武器中，人們熟悉的有來自歐洲的安姆史卓、巴里傑爾，和特伊裴洛特、道葛林，以及羅德曼[3]等人發明的傑作。來自歐洲的安姆史卓、巴里傑爾，和特伊勒德鮑里耶[4]等大炮在他們海外的對手面前，只能彎腰認輸了。

因此，在北方人和南方人艱苦戰鬥的時期，負責大炮部門的官兵就占有首要地位。聯邦的報紙熱烈慶賀他們的發明成果，以至於連微不足道的小商販和天真幼稚的傻子，沒有一個不是日夜絞盡腦汁，計算著超出合理範圍的荒謬彈道。

如果一個美國人想到了什麼主意，他就會找第二個美國人分享。人數滿三人，他們便選出一位主席、兩位祕書。四人時，就再任命一個檔案管理員，辦事處即能運作起來。有了五個人，他們便召開會員大會，俱樂部也就成立了。這便是在巴爾的摩發生的情況。第一位發明新型大炮的人，與第一位澆鑄這座大炮以及第一位鑽炮膛的人共同合作。這就是大炮俱樂部的核心。在俱樂部組成之後一個月，已經擁有一千八百三十三位正式會員和三萬零五百七十五位通訊會員。

凡是想要加入組織的人，都必須符合一個必要條件，亦即他曾經發明，或者至少，改良過一座大炮，若不是大炮，任何一種使用火藥的武器也可以。不過，總歸一句明白話，那些發明了十五響左輪手槍、迴旋式卡賓槍或者軍刀式手槍的人，在俱樂部裡是享受不到器重的。無論在任何情形下，和大炮有關的各類人才總是高人一等。

大炮俱樂部裡一位學識最淵博的演說家有天說道：「成員們獲得的敬重程度與他們大炮的『體積大小』成正比，且『直接依據』炮彈達到的『射程平方』而有所不同！」

若再進一步推演，就會把牛頓的萬有引力定律搬到道德領域裡來了。

大炮俱樂部創立以後，美國人的發明天才在這方面所產生出來的成果，是不難想見的。戰爭用的武器變得巨大無比，射出的炮彈飛越了限定的界線，把毫無攻擊意圖的行人炸成兩半。所有這些發明都把缺乏創新的歐洲炮火機具給遠遠拋在後頭。我們從以下的幾個數字就

3 裴洛特（Robert Parker Parrott, 1804-1877）、道葛林（John Adolphus Bernard Dahlgreen, 1809-1870）、羅德曼（Thomas Jackson Rodman, 1816-1871）皆是美國的軍隊將領。

4 安姆史卓（William George Armstrong, 1810-1900）、巴里傑爾（Sir William Palliser, 1830-1882），和特伊勒德鮑里耶（Treuille de Beaulieu, 1809-1886）都是大炮發明人，他們的姓氏因此成為武器的名稱。前二位是英國人，後一位是法國人。

能做評斷。

往昔，三十六磅的炮彈只有在「時機恰好」時，才可能在三百英尺距離的地方，從側面橫穿過三十六匹馬和六十八個人。這是這門專業的童年時期。從那時候起，炮彈製造有了長足的進步。羅德曼大炮可以把半公噸重的炮彈發射到七英里遠[5]，想必能輕易打翻五百五十匹馬和三百人。大炮俱樂部甚至要爲此鄭重舉辦一場試驗。不過可惜的是，即使馬兒同意進行試驗，也找不到人來參與。

不管怎麼說，這些大炮極具殺傷力，每一回發射炮彈，戰士們就像鐮刀下的麥穗一樣紛紛倒地。一五八七年，在庫特拉[6]讓二十五人喪失戰力的那顆著名炮彈；還有另外一顆炮彈，在一七五八年的索爾多夫[7]殺死了四十名步兵。一七四二年，克塞勒斯多爾夫[8]的奧地利大炮，每次開炮的轟炸力能把七十個敵人給拋出去。這些武器和羅德曼炮彈相較之下，會有什麼意義呢？那些在耶拿與奧斯特里茲[9]決定戰役結果的驚人炮火算得了什麼呢？在南北戰爭時期，我們見識過的炮彈威力可多著呢！在葛提斯堡戰役中，由螺旋式大炮發射的一顆圓錐形炮彈，擊中了一百七十三名南方邦聯的士兵；在橫渡波多馬克河時，一顆羅德曼炮彈把兩百一十五個南方軍送進了顯然比現世更美好的另一個世界。同樣必須一提的，是大炮俱樂部的傑出會員暨常任祕書馬斯通所發明的可怕迫擊炮，這項武器造成的結果更加致命，因爲，它殺掉了三百三十七人，……大炮在試射時當場爆炸，這可是千真萬確的！

對於這些如此具說服力的數字本身，還能做什麼補充呢？一樣也沒有。那麼，我們姑且毫無異議地接受這個統計學家皮特凱恩的計算：他把大炮俱樂部會員的人數除以被他們的炮彈轟倒的受害者人數，發現他們每個人「平均」殺死了兩千三百七十五點多的人。

依這樣的數字考量，這個科學團體唯一關注的，顯然是以博愛為目的來毀滅人類，並且改良那些被他們當作文明工具的作戰武器。他們是一群滅絕天使，同時也是世界上最優秀的子孫。

---

5 半公噸等於五百公斤。一英里合一千六百零九公尺又三十一公分，折算起來將近有三法里（合四公里）。（原文註）

6 庫特拉（Coutras）位於法國的西南部。一五八七年的庫特拉戰役屬於法國宗教戰爭中的一場戰役，由新教徒打敗皇家的天主教軍隊。

7 索爾多夫（Zorndoff）位於波蘭，一七五八年歐洲七年戰爭時期，普魯士和俄羅斯帝國的軍隊在此交戰，普軍獲勝。

8 一七四二年普魯士和奧地利為了王位繼承問題在現今德國的克塞勒斯多爾夫（Kesselsdorf）發生戰爭，結果普軍得勝。

9 德國的耶拿（Iéna）和奧地利的奧斯特里茲（Austerlitz）都是十九世紀初歐洲著名戰役的發生地點。當時法軍在拿破崙的帶領下，於兩場戰爭中分別擊敗普魯士軍隊和俄羅斯、奧地利的聯軍，從此奠定法國在歐洲稱霸的地位。

必須附帶說明，這些禁得起任何試驗的勇敢美國佬，不單只是研究公式，還付出了他們個人的性命。在他們之中，有上校或將軍等各個階級的軍官，有各種年齡的軍人，有的剛踏入軍火行業，有的一直到老都待在炮架上。許多人永遠長眠戰場上，他們的名字都列在大炮俱樂部的光榮名冊裡。而生還者大部分帶著他們不容置疑的英勇標記——拐杖、木腿、人工手臂、鐵鉤手、橡膠製的頷骨、銀質頭蓋骨、白金鼻子，各種式樣，一應俱全。上述的皮特凱恩也做了統計：在大炮俱樂部裡，四個人得不到一隻胳臂，六個人才分得兩條腿。

但是，這些勇敢的炮彈專家對此並不在乎，當戰役公報登載的死傷人數是消耗炮彈量的十倍時，他們總會感到自豪，而他們也實在有理由這麼想。

然而，有一天，一個憂傷、悽慘的日子，戰爭的倖存者們簽下了和平協定，爆炸巨響逐漸終止，迫擊炮沉默了。無限期罩上護套的榴彈炮，和管首低垂的加農炮都被運回軍械庫，炮彈堆放在倉庫裡，血淋淋的回憶消逝了；接收了大量肥沃養分的田地上，棉花長得異常茂盛，喪服隨著哀痛一起耗損殆盡，而大炮俱樂部也深深陷入無事可做的狀態。

某些刻苦鑽研的狂熱工作者，依舊埋首致力於彈道計算；他們始終夢想著巨型炸彈和無與倫比的炮彈。可是，沒有實際操作，這些空洞的理論又有什麼價值呢？因此，俱樂部的大廳變得冷清無人，僕役們在賓客候見室裡睡覺，報紙在桌上發霉，陰暗的角落裡傳來陣陣愁悶的打鼾聲，昔日那麼喧鬧的大炮俱樂部會員們，現在卻因有如災難一樣的和平而變得沉默不語，沉睡在柏拉圖式炮彈學的空想中！

「真是惱人，」一天晚上，勇敢的湯姆．杭特說道，他的一雙木腿擱在吸煙室的壁爐旁，就要被烤成炭了。「沒什麼可做的！一件值得期盼的事也沒有！多麼乏味的生活！每天早上加農炮用愉快的轟隆聲叫醒人的時光都到哪兒去了？」

「這樣的日子不會再有了，」活潑矯健的畢勒斯比一面試圖伸展他失去的胳臂，一面回答。「那時候可真是快活呀！誰要是發明了新的榴彈炮，大炮才剛鑄成，他就跑去敵人面前測試；然後，帶著謝爾曼的鼓勵，或者和麥克萊倫[10]握過手，再回軍營！可是，現在將軍都回到他們的櫃檯邊了，他們不發送炮彈，改發送棉花球！唉！聖巴爾伯保佑啊[11]！美國炮彈學的前途是完蛋了！」

「沒錯，畢勒斯比，」布倫斯貝里上校大聲說，「這種失望可真是殘酷啊！當初我們拋下安穩平靜的習慣，練習操作武器，離開巴爾的摩來到戰場上，表現得那麼英勇無畏，兩三年以後，卻不得不丟下千辛萬苦獲得的成果，兩手插口袋，在無所事事的可悲處境中昏沉度

---

10 謝爾曼（William Tecumseh Sherman, 1821-1889）和麥克萊倫（George B. McClellan, 1826-1885）皆是美國南北內戰時北方聯邦的優秀將軍。

11 聖巴爾伯（Sainte Barbe）是炮兵、煙火施放者、救火員、炮擊手和礦工等職業的守護神。

日。」

話儘管這麼說，這位英勇的上校卻實在擺不出這樣一個遊手好閒的姿勢，然而，他缺少的倒不是口袋。

「未來一點戰爭的可能也沒有！」大名鼎鼎的馬斯通這時發言了，他邊說邊用他的鐵鉤手搔搔他那馬來橡膠製的頭殼。「天邊沒有半朵烏雲，而這偏偏是炮彈科學正可以大有發展

大炮俱樂部的炮手

的時候！我要告訴你們，今天早上，我已經完成一份迫擊炮的圖樣，連帶平面圖、剖面圖和立視圖都畫好了，這種大炮必定會改變戰爭的法則！」

「眞的嗎？」湯姆．杭特反問道，他不由自主地想起這位可敬的馬斯通上回試射大炮的情形。

「眞的，」對方回答說，「可是，完成這麼多研究，克服這麼多困難，又有什麼用呢？難道不是做白工嗎？新世界的人民似乎已經約定好了要和平相處，我們那充滿鬥志的《論壇報》[12]還預測將來的災難會是由變相的人口增加引起的！」

「不過，馬斯通，」布倫斯貝里上校接著說，「在歐洲，大家還一直爲擁護民族自治原則而交戰呢！」

「那又如何，有什麼關連？」

「當然有關連！或許可以到那邊探探門路，假使他們願意接受我們的幫忙……」

「你眞的這樣想？」畢勒斯比叫了起來。「幫外國人研究彈道學！」

「這總比什麼都不做好。」上校辯駁道。

12《論壇報》（*Tribune*）堅決支持聯邦政府廢除奴隸制度的主張，態度是所有報紙中最激進的。（原文註）

「一點也沒錯，」馬斯通說，「是比較好，不過，這個辦法，我們想都不該想。」

「爲什麼？」上校問。

「因爲，舊大陸人的晉級觀念和我們美國人的習慣有衝突。那邊的人相信，要先擔任過少尉，才能成爲司令將軍。這就等於說，除非你親自鑄造過大炮，否則不可能會是一個好的大炮瞄準手！可是，我只能說，這實在……」

「荒唐可笑！」湯姆．杭特接腔說，他正用布伊刀[13]一點一點削他的座椅扶手，「事情既然如此，我們只好去種植菸草或者提煉鯨魚油了！」

「什麼！」馬斯通以響亮的聲音喊道，「我們難道不能利用活著的最後這幾年來改良火炮！難道沒有新機會可以試驗我們炮彈的射程！大氣圈不再因爲我們炮火的閃光照射而亮起來！再也不會發生國際糾紛，讓我們可以對大西洋對岸的某個強國宣戰！難道法國人不會擊沉我們的輪船，英國人不會無視國際法，絞死三、四個我們的國民！」

「不，馬斯通，」布倫斯貝里上校回答，「我們沒這份福氣！不！這些事端，沒有一件會發生，而且，就算發生了，我們也無法加以利用！美國人容易被觸怒的敏感個性正在一天天淡化，我們只能任炮彈學荒廢了！」

「對，我們這是卑躬屈膝！」畢勒斯比回應道。

「而且別人也會侮辱我們！」湯姆．杭特緊接著說。

「這一切都是確切實情，」馬斯通再度情緒激昂地說。「在現今的環境裡，有成千個打仗的理由，而我們卻不打！我們捨不得勞動臂膀和雙腿，這反倒對那些不知道使用槍炮的人有利！瞧，不需要到遠處去找戰爭的理由，北美洲過去不是屬於英國人的嗎？」

「一點也沒錯。」湯姆．杭特一面回答，一面用他的木腿前端撥動炭火。

「很好！」馬斯通又說，「那爲什麼不能輪到英國來屬於美國人呢？」

「這算公平合理。」布倫斯貝里上校迅速回答。

「你們去向美國總統提議，」馬斯通大聲說，「看他會怎麼接待你們！」

「他不會好好接待我們的，」畢勒斯比咬著四顆牙齒咕噥，這些牙齒是他從戰役裡保全下來的。

「我發誓，」馬斯通喊道，「下回選舉，他不必指望我的選票！」

「也別指望我們的。」這幾位熱中戰爭的殘廢者一致同聲回答。

「照這樣下去，」馬斯通接著說，「總而言之，如果沒有在眞正戰場上試驗我的新型迫擊炮的機會，我就退出大炮俱樂部，到阿肯色州的大草原裡隱居去！」

「我們跟你一起去。」和大膽的馬斯通交談的這些人回應道。

---

13 布伊刀（Bowie knife）是一種刀刃寬大的刀具。（原文註）

事情發展至此，大家的不滿情緒越來越高漲，而俱樂部面臨著即將解散的威脅，這時候，一樁出乎意料的事件阻止了這場令人遺憾的災難。

正是這段談話的第二天，俱樂部的每一個會員都收到一封寫有下列字句的通知函：

巴爾的摩，十月三日。

大炮俱樂部主席榮幸地通知會友們，他將在本月五日的會議上，就大家非常關心的問題提出報告。因此，他請求大家接受本函邀請，屆時放下一切事務，前來參加會議。

衷心致意

大炮俱樂部主席安培·巴比卡納

第二章　巴比卡納主席的報告

十月五日晚上八點，聯邦廣場二十一號大炮俱樂部的幾間大廳裡擠滿了密密麻麻的人群。居住在巴爾的摩的所有俱樂部會員都應他們主席的邀請赴約。至於通訊會員們，快車正把他們一批又一批大舉送進城內的大街小巷。舉行會議用的前廳雖然寬敞，仍有許多科學家找不到座位，因此，隔壁的幾個客廳裡、走廊的盡頭，一直到外面庭院中央，到處都滿滿是人。在那兒，科學家們撞見擠在門口的普通民眾，民眾全渴望著聽到巴比卡納主席這場重要的報告，他們表現出在「自治」[1]觀念的教養之下所特有的行動自由，你壓我擠，互相推撞，每一個人都設法站到最前面幾排來。

那天晚上，一個在巴爾的摩的外國人，就算開出天價，也不會被准許進入大廳。這個地方是單獨保留給在地會員或通訊會員的，除了他們以外，沒有其他任何人能入座其中。城裡

1 在此是指自己的事務自己管理。（原文註）

的顯貴、議會的市政官吏，都不得不混在他們所治理的市民之間，以便快速掌握從裡面傳出來的消息。

這座廣大的俱樂部前廳展現了一幅奇特景致。寬闊的會場和它的目的非常相稱。高大的柱子由大炮堆疊而成，基底是厚重的迫擊炮，柱子支撐著拱形圓頂的精巧框架，那框架則是用打洞鉗敲出來的眞正生鐵花邊。成套的短銃槍、喇叭口火槍、鉤銃火槍、卡賓槍，以及所有古老或現代的武器，全在牆上向著四方鋪排，交叉陳設，構成一幅如畫的集錦。燃燒的煤氣從上千支轉輪手槍所組成的分枝燈架上噴出熊熊火焰，而一束束步槍做成的枝形大燭臺使得照明更加完美輝煌。大炮模型、青銅炮樣品、被打得千洞百孔的槍靶子、被俱樂部的炮彈給炸裂的鋼板、整組的送彈棍和擦炮筒的圓刷、一串串念珠似的炸彈、一條條項鍊般的炮彈、一圈圈花環樣的榴彈……。總之，所有這些炮手使用的工具都因爲出眾的布置而使人驚豔不已，讓人覺得它們眞正的用途是裝飾多於殺人。

在榮譽檯上，可以看到一塊以亮麗的玻璃櫃保護著的炮閂，已被火藥炸得破碎扭曲，那是馬斯通的大炮的珍貴殘骸。

主席和四位祕書佔據著大廳盡頭的一個寬廣平臺。他的座位高高擺在以雕花裝飾的炮架上，整體呈現出三十二英寸迫擊炮的強而有力形狀，椅身被固定成九十度夾角，並且懸放在幾個轉軸上，這樣一來，主席便能像坐搖椅一樣前後擺動，這在大熱天裡非常舒服。在一張由六座海軍大炮頂著的寬大鋼板桌子上，可看到一個式樣精緻的墨水瓶，是由雕鏤優美的大口徑火銃的槍彈做成的，桌上還有一只響鈴，能像左輪手槍一樣發出爆炸聲。在辯論激烈的時候，這只新型響鈴的鈴聲恰巧足以蓋過這群過度激動的炮彈科學家的聲音。

在桌子前面，有好幾張軟墊長椅排列成「之」字形，如防禦工事的封鎖壕一般，形成連續不斷的棱堡和護牆，那兒是大炮俱樂部會員的座位。那天晚上，可說是「壁壘上眾將雲集」。大家對主席的爲人都有足夠的了解，知道他若是沒有重要理由，不會無端打擾他的同僚。

安培．巴比卡納是一個四十歲的人，沉著、冷靜、嚴肅刻苦，思考極其縝密而專注；他像計時碼錶一樣精確，具有禁得起任何考驗的性格與不可動搖的意志；雖然缺乏騎士風度，卻愛好冒險，不過，即使在最大膽的行動中，他仍保持務實的精神。他是傑出的新英格蘭人，是北方的殖民拓荒者，是曾予以斯圖亞特王朝重創的圓顱黨[3]的後裔，也是那些身爲母國古騎士的

2 英文selectmen指由民眾選出來管理城市事務的行政官員。（原文註）

3 斯圖亞特家族（Les Stuarts）是一個歷史悠久的蘇格蘭家族，於十七世紀時統治英國，建立斯圖亞特王朝。其中國王查理一世主張君權神授，多次解散議會，擁皇派和支持議會的圓顱黨（Têtes-Rondes）因此爆發戰爭，結果查理一世被處死，英國因此建立共和政體。圓顱黨的黨員大多為清教徒，他們將頭髮理短，樣貌與當時留長髮的權貴階級十分不同，因而得名。

南方紳士的死敵[4]，換言之，他是一位徹頭徹尾的美國佬。

巴比卡納早年靠木材生意賺了大錢，南北戰爭時期，被任命爲炮彈製造業的理事長，在炮彈發明的表現相當多產，他的思想大膽前衛，對這項武器的進步貢獻極大，給炮彈實驗帶來無可比擬的推動力。

此人中等身材，擁有完好的四肢，這在大炮俱樂部裡是個稀有例外。他的臉部線條鮮明突出，像是用角尺和直線筆勾勒出來似的。有人認爲，要猜出一個人的稟性，必須觀察他的側面輪廓，假如這個說法是眞的，那麼從側面來看巴比卡納，他給人最明確的印象應該是堅毅、大膽和冷靜。

此刻，他動也不動地坐在他的扶手椅上，一語不發，全神貫注在自己的內心世界，藏在他那頂像是栓在美國人頭上的黑絲高筒帽之下。

巴比卡納主席

他的同僚在周圍高聲交談著，卻沒有打擾他的思緒。他們相互詢問，進行種種臆測，打量著他們的主席，想從他那紋絲不動的臉上找出未知數，但他們什麼也沒找到。

大廳的時鐘大發雷霆似的敲響了八點鐘，這時候，巴比卡納彷彿彈簧彈開一般，倏地站了起來。會場上一片安靜，這位演說者以稍微誇張的口吻，開始發言：

「正直的會友們，自從貧乏的和平使得大炮俱樂部的會員陷入令人惋惜的無謂處境以來，已過了很長一段時間。經過了戰事頻繁的幾年，我們不得不捨棄我們的工作，在進步的道路上完全停頓下來。我不怕大聲宣布，一切能夠重新把武器交到我們手上的戰爭都是受歡迎的……」

「對，戰爭！」躁進的馬斯通喊道。

「聽下去！聽下去！」會場的四方都有人在抗議。

「但是戰爭，」巴比卡納說，「在目前的情況裡，不可能有戰爭，不管剛才打斷我說話的這位可敬人士有什麼期待，要我們的大炮能在戰場上轟鳴之前，還得經歷漫長的許多年。所以，我們必須打定主意，到另一個思想的領域裡，爲這吞噬我們心力的活動尋找糧食！」

4 美國南北戰爭也是以代表清教徒的北方「洋基（yankee）文化」和以黑奴經濟為基礎的南方「騎士文化」之間的對立。

與會的人感覺他們的主席將要觸到要點了，都加倍注意聆聽。

「近幾個月以來，我正直的會友們，」巴比卡納接著說，「我一直思索我們能不能在我們的專業裡，進行一項無愧於十九世紀的偉大實驗，彈道學的進步是否能幫助我們出色地完成這項工作。我因此多方考慮、工作、計算，我的研究結果讓我堅信，我們必能在其他國家看似無法實行的事業中獲得成功。這個經過長久構思的計畫將是我今天報告的內容。這個計畫無愧於你們，無愧於大炮俱樂部的過去，它將會在世界引起轟動！」

「引起轟動？」一個情緒熱烈的炮彈學家大聲說。

「確實將引起轟動。」巴比卡納回答。

「不要打斷他的話！」好幾個聲音重複地說。

「所以，我要請求正直的會友們，」主席接著說，「專注聽我所說的話。」

會場中傳來一陣輕微騷動。巴比卡納迅速地調正他的帽子，以平靜的聲音繼續演說：

「正直的會友們，你們每個人都看過月球，或者至少聽人談論過，你們不要驚訝我在這兒談這座黑夜裡的天體。我們或許注定要成爲這個未知世界的哥倫布。請你們了解我，盡全力協助我，我要帶領你們征服它，它的名字將會列入這個偉大聯邦國的三十六個州裡！」

「烏拉[5]！月球！」整個大炮俱樂部齊聲呼喊。

「我們對月球做過許多研究，」巴比卡納接著又說；「它的質量、密度、重量、體積、它的構成成份、動態、距離、它在太陽系裡的角色，都已經完整確立了。我們繪製的月球表面圖，其完美程度，即使沒有超越地表圖，也是不相上下了；攝影技術也證實我們的衛星美麗無比[6]。總之，舉凡數學、天文學、地質學、光學所能教導我們有關月球的事，我們都知道；可是，我們還從來不曾和月球有過直接的聯繫。」

這幾句話引來了聽眾們強烈的興趣和驚奇。

「容我簡短地向你們追述，那些踏上了幻想旅行的狂熱心靈，如何聲稱揭露了我們衛星的祕密。十七世紀時，某位名叫大衛．法布里修斯[7]的人誇口說曾經親眼看到月球的居民。一六四九年，法國人讓．鮑杜安[8]出版了《西班牙冒險家多明尼哥．龔薩雷的月球旅行記》。同一時期，法國作家西哈諾．德．貝傑拉克[9]的知名探險著作《月世界旅行記》問世

---

5 烏拉（hurrah）是海軍表示致敬的歡呼，也常用來指熱情洋溢的喝采。

6 參見瓦洪．德拉律（M. Warren de la rue, 1815-1889）為月球拍下的多張精彩相片。（原文註）

7 大衛．法布里修斯（David Fabricius,1564-1617），德國的神學家、天文學家。

8 讓．鮑杜安（Jean Baudoin, 1590-1650），法國作家，精通拉丁文及多國語言，也是法蘭西學院院士。

9 西哈諾．德．貝傑拉克（Cyrano de Bergerac,1619-1655），法國的軍人、作家、哲學家，他的著作《月世界旅行記》（L'Histoire comique des États et Empires de la Lune）（1657）被視為科幻小說的先驅作品。台灣讀者較熟悉的應該是取材自他傳奇一生的法國電影《大鼻子情聖》（Cyrano de Bergerac）。

了，此書在法國大受歡迎。之後，另一位法國人（這些法國人倒是非常關心月球）叫做封特奈勒[10]的寫了一本《多元性的世界》，這本書在他那個時代是一部傑作；可是不斷進步的科學把這部傑作輾得粉碎！一八三五年前後，一本從《美國的紐約》一書翻譯而來的小冊子，敘述約翰．赫雪爾爵士[11]被派遣到非洲南端的好望角去做天文研究，他利用一臺由內部照明的精良望遠鏡，把月球拉近到八十碼[12]的距離。這時，他清楚看到有河馬棲息的岩洞、鑲著黃金花邊的青色山脈、長著象牙角的綿羊、白色的麃子、有蝙蝠膜翅的居民。這本小冊子是一個名爲洛克的美國人的作品，受到極度好評[13]。但是不久，大家就承認這是一樁科學騙局，而法國人是最先發難嘲笑的。」

「嘲笑美國人！」馬斯通高聲喊道，「這就是一個宣戰的理由！」

大炮俱樂部的會議

「請放心，我高貴的朋友。法國人在嘲笑我們之前，曾經被我們的同胞大大愚弄了一番。在結束這段簡短的歷史說明之前，我補充一下，有一位來自荷蘭鹿特丹的漢斯．浦法勒坐在一個充滿著由氮氣提取出來的氣體的氣球中，這種氣體比氫氣還要輕三十七倍，氣球載著他衝向天空，歷經十九天的飛行後，到達了月球。這個旅行，就和前面提及的幾個嘗試一樣，僅僅是想像的，不過，這是美國一位深受大眾喜愛的作家的著作，這位作家擁有奇特且引人冥思的才華。我指的是愛倫．坡[14]！」

「烏拉！埃德加．愛倫．坡！」會場裡的人受到他們主席的話語激勵，都興奮地高喊。

「我稱上述這些爲純粹的文學嘗試，它們完全不足以與這個黑夜裡的天體建立眞正的聯

---

10 封特奈勒（Bermard Le Bouyer de Fontenelle, 1657-1757），法國的作家、法蘭西學院院士，終其一生關注科學發展，捍衛笛卡兒的主張，對於啓蒙時代的科學普及化貢獻良多。

11 約翰．赫雪爾爵士（Sir John Herschell, 1792-1871），英國著名的天文學家、數學家、攝影家。是後面章節提到的天文學家威廉．赫雪爾（William Herschell, 1738-1822）的兒子。

12 一碼（yard）稍短於一公尺，約是九十一公分。（原文註）

13 這本小冊子由共和主義者拉維宏（Gabriel Laviron, 1806-1849）在法國發行，拉維宏於一八四九年法軍圍攻羅馬城時被殺。（原文註）

14 愛倫．坡（Edgar Allan Poe, 1809-1849），美國作家、詩人，以驚悚懸疑小說聞名，一生共創作五十餘首詩、七十餘篇的短篇小說和無數評論，是著名的鬼才作家。

繫，有關這方面，我就報告到此。然而，我必須另外提到，有一些講求實際的腦袋也試圖和月球做眞正的交流。幾年以前，有一位德國幾何學家就提議派一個科學家團隊到西伯利亞荒原去。他們要在那兒的廣闊平原上，利用會發光的反射器，繪製一些巨大的幾何圖形，其中包括由直角三角形的斜邊構成的正方形圖，法國人給這種斜邊取了一個通俗的名稱叫『驢子橋』。『凡是有理解能力的人都應該了解這個圖形的目的。』那個幾何學家說，『假如賽雷尼特人[15]存在，他們便會以相似的圖形做回應，一旦連繫建立了，就不難創造一套字母，來和月球上的居民交談。』德國幾何學家的確這樣說，但是他的計畫並沒有付諸實行，直到今日，地球和它的衛星之間還沒有任何直接的連繫。不過，上天注定要由實事求是的美國人來和星體世界建立關係。要達成這個目標的方法，簡單、容易、可靠，萬無一失，以下將是我的建議內容。」

迎接這些話的是一陣歡呼和暴風雨般的掌聲。參加這場會議的人沒有一位不被演講者的這番話所征服，爲其著迷，受其擄獲。

「聽下去！聽下去！安靜！」四面八方都有人叫喊。

待會場中的激動情緒平靜下來以後，巴比卡納以更莊嚴的聲音，接續他被打斷的演說：

「你們都知道，」他說，「這幾年以來，彈道學有了如何長足的進步，而假如戰爭繼續，火炮能夠達到怎樣完美的程度，你們也不會不知道。普遍來說，大炮的反座力和火藥的膨脹強度都是無限的。那好！根據這個原則推論，我在想，是不是有可能利用一個具備一定反作用條件的適當裝置，將一顆炮彈射到月球上。」

聽到這些話，上千個喘不過氣來的胸膛裡，發出了驚愕的一聲：「啊！」；接著有片刻的寂靜，就像是雷聲響起之前的深沉寧靜。的確，雷響了，不過，那是由震動會場的鼓掌、歡呼、喝采形成的雷聲。主席想要繼續說話也辦不到。一直到十分鐘以後，大家才聽見他的話。

「請讓我講完，」他冷靜地接著說，「我由各個面向考量過這個問題，我信心堅定地著手研究，從我無可置疑的計算中，得到的結論是：凡是開始速度爲每秒一萬兩千碼[16]的炮彈，只要瞄準月球，必然就能直達。所以，我榮幸地向你們建議，我正直的會友們，來試試這個小小的實驗！」

---

15 原文Sélénite指的是月球上的居民。（原文註）

16 一萬兩千碼大約等於一萬一千公尺。（原文註）

第三章　巴比卡納的報告所引發的迴響

可敬的主席最後那幾句話所產生的迴響實在難以描述。多麼激昂的叫喊！多麼高聲的喧嘩！吼叫聲、烏拉聲、「呵！嘿！嗨！」的叫嚷聲，以及英文裡所有的大量擬聲詞全都接連不斷地湧出！一片無法形容的混亂、嘈雜！人們嘴巴叫嚷、雙手擊掌，兩腳把大廳地板踩得不斷震動。就算這座炮彈博物館的所有武器同時開火，其擾亂聲波的程度也不會比較劇烈。這倒也不令人驚訝。有些炮手幾乎就和他們的大炮一樣吵。

巴比卡納態度平靜地處在這場熱烈的喧鬧中，他或許還想對會友說一些話，因爲他做手勢要求大家安靜，他那暴怒的響鈴也拚命地發出強烈的爆炸聲。大家卻連聽都沒聽到。沒過多久，聽眾就把他從座椅上拉下來，像慶祝勝利一般把他舉起來歡呼，他從忠誠的會員伙伴手中，被送到同樣興奮異常的群眾手臂裡。

沒有什麼能嚇得倒美國人。我們經常說法文裡沒有「辦不到」這個詞；我們顯然是翻錯了辭典。在美國，一切都容易，一切都簡單，至於機械上的困難，還來不及產生就已經解決了。在巴比卡納的計畫和其付諸實現之間，沒有一個眞正的美國佬會允許自己瞥見困難的跡象。事情一經說出，就一定能做到。

主席的勝利遊行一直持續到晚間。那是一場眞正的火炬遊行。愛爾蘭人、德國人、法國人、蘇格蘭人，所有這些組成馬里蘭州人口的不同族群，都用他們的母語高聲叫喊，喝采聲、烏拉聲、叫好聲，在難以名狀的激昂情緒中，混雜成一片。

月亮好像了解到這是關於自己的事，也正因如此，它從容地縱情發光，燦爛的光芒把周圍的星光都掩蓋了。每一個美國佬都望著這光輝閃爍的月盤子；有的人對它招手，有的人用最溫柔的名字呼喚它，這邊的人目測它的大小距離，那邊的人握拳威脅它；從八點到半夜，瓊斯法樂街的一位眼鏡商，靠著賣望遠鏡而發了財。大家拿起望遠鏡，瞭望

火炬遊行

著這個黑夜裡的星體，就好像它是一位上流貴婦似的。美國人擺出所有者的姿態，對它舉止隨便。彷彿金髮的芙蓓[1]已經屬於這些大膽的征服者，而月球早已成爲聯邦領土的一部分。然而，不過就是發送一顆炮彈到那兒，這樣子建立起來的聯繫，即使是對一個衛星，也算是相當粗暴的了。可是，這種聯繫方式在文明國家之間卻十分通行。

半夜十二點的鐘聲剛響過，高昂的熱情卻絲毫沒有降溫；這股熱情在市民的各個階層裡都保有同等份量；官員、學者、大批發商、小販、腳夫、精明的人和「青色的人」[2]都一樣，全都感覺他們最纖細的心弦被撥動了。這是一項全國性的事業，上城、下城、帕塔普斯科河流經的堤岸、錨地裡無法出航的船隻上……，到處都擠滿了群眾，他們陶醉在歡樂之中，也陶醉在杜松子酒和威士忌之中。每個人都在交談、誇說、討論、爭辯、贊同、鼓掌叫好，從酒吧間那些懶散地躺在長沙發上，面前擺著一大杯雪利皮匠[3]的紳士，一直到費樂斯角的陰暗小酒館裡喝「燒心[4]」喝得醉醺醺的船夫，無一例外。

然而，接近清晨兩點時，激動的情緒終於平靜下來。巴比卡納主席總算得以回到家中，他精疲力竭，疲乏不堪。即使像海克力士[5]一樣的大力士也抵擋不了這樣的狂熱。群眾漸漸離開了廣場和街道。匯集在巴爾的摩的四條通往俄亥俄、薩斯奎哈納、費城和華盛頓的鐵路，把沾染了炸藥味兒的會議聽眾送到了美國各個角落，城市才比較平靜下來。

若以爲在這個值得紀念的夜晚，只有巴爾的摩城陷入興奮狀態，那可就錯了。聯邦所屬的大城市——紐約、波士頓、阿爾巴尼、華盛頓、里奇蒙、新月城[6]、查爾斯頓、莫比爾城；從德克薩斯州到佛羅里達州，從密西根州到佛羅里達州，所有城市也都在分享這份狂熱。事實上，大炮俱樂部的三萬名通訊會員都收到主席的通知信，他們也抱著同樣急切的心情等待十月五日這篇特殊的報告。因此，當天晚上，報告中的字句一從演講者的唇間說出，就立刻以每秒二十四萬八千四百四十七英里[7]的速度，經由電報線跑遍聯邦各州。所以，我們絕對有把握地說，比法國大十倍的美利堅合眾國是在同時發出單一的烏拉聲，兩千五百萬顆充滿驕傲的心，都隨著同一個脈搏在跳動。

第二天，一千五百份日報、周刊、半月刊或者月刊都大篇幅地討論這個問題，它們從政

---

1 芙蓓（Phoebé）是希臘神話中的月亮女神。

2 美國英文的慣用詞，用來指天真幼稚的人。（原文註）

3 雪利皮匠（sherry-cobbler）是一種雞尾酒，由蘭姆酒、柳橙汁、糖、桂皮和肉豆蔻混合調製而成。這種深黃色的飲料通常裝在大型啤酒杯裡，用玻璃吸管來飲用。（原文註）

4 一種烈性燒酒，是下層平民常喝的可怕劣質飲料。（原文註）

5 海克力士（Hercules）為古希臘神話的英雄，擁有非凡的力氣，創下不少勇武的功績。

6 紐奧良的別名。（原文註）

7 約等於一萬法里，這是電流傳播的速度。（原文註）

治或文化的觀點，研究這個題目的物理、氣象、經濟或道德等各個不同面向。他們爭論月球會不會是一個已完成的世界，是否不會再發生任何改變。月球的情況是不是就像大氣層尚未存在時的地球？在地球上看不到的那一面是何種景象？雖然目前的計畫是發送一顆炮彈到這黑夜裡的天體，但所有人都看到這是一系列實驗的開端；大家都一致期待，有一天美國將會解開這個神祕盤子的最後祕密，甚至有些人似乎已開始擔心征服月球會明顯擾亂歐洲的勢力平衡。

在討論完之後，沒有一份報刊質疑這項計畫的實現。由學術、文學、宗教團體所出版的文集、手冊、公報、雜誌都強調這項計畫所帶來的益處，波士頓的「自然史學會」、阿爾巴尼的「美國科學與藝術學會」、紐約的「地理與統計學會」、費城的「美國哲學學會」、華盛頓的「史密森尼學會[8]」寄出上千封信件祝賀大炮俱樂部，並表示願意提供即時的金錢與服務。

因此可以說，從來沒有一項提議能集合爲數這麼多的支持者，那些猶豫、懷疑、擔心的情況，根本就不存在。至於在歐洲，特別是在法國，那些針對朝月球發射炮彈的想法而出現的調侃、諷刺畫、歌曲，恐怕對其作者完全沒有好處，在普遍的公眾憤怒面前，世界上所有的「護身棒[9]」都無力保護他們。在新世界，有些事情不容許被嘲笑。所以從那天起，安培·巴比卡納變成了美國最偉大的公民之一，好比於科學界的華盛頓，這就和許多例子一樣，顯示了一個國家的人民對於一個人的突然崇拜可以達到什麼地步。

在大炮俱樂部那場有名的會議過後幾天，一個英國劇團經理宣布在巴爾的摩劇院上演《無事生非》這齣戲。但是，市民認爲這個劇名對巴比卡納的計畫有侮辱性的影射，他們湧進戲劇廳，砸壞座椅，強迫不幸的經理更換海報。這位經理是個聰明人，他順從公眾的意願，用《皆大歡喜》[10]來代替那一部倒霉的喜劇，隨後在幾個星期之內，獲得了驚人的票房收入。

8 史密森尼學會（l'Institution Smithsonienne），美國半官方性質的博物館機構，擁有上億件的藝術品和標本，是世界最大的博物館系統和研究中心的集合體。

9 護身棒（life-preserver）指一種袖珍型武器，用柔韌的金屬細條製成，尖端有一顆金屬球。（原文註）

10 《無事生非》與《皆大歡喜》皆是莎士比亞的喜劇。（原文註）

第四章　劍橋天文臺的回信

然而，巴比卡納在人們對他的歡呼喝采聲中，並沒有浪費掉片刻時光。他留心的第一件事就是召集他的會友到大炮俱樂部的辦公室來。在那兒，經過討論之後，大家同意就計畫的天文學部分，諮詢天文專家。一旦得到他們的答覆，屆時再來討論機械的裝置方法，爲了保證這個偉大實驗的成功，任何事都不應該忽略。

所以，大家擬定了一份內容非常明確的通知，包含一些專門的問題，然後將通知寄給位於麻

劍橋天文臺

薩諸塞州的劍橋天文臺。劍橋——這個美國第一座大學的創建地，正是以其天文學聞名。那裡聚集了一群極有貢獻的學者，而且還架設有威力強大的望遠鏡，透過這臺儀器，天文學家邦德[1]解開了仙女座星系的謎團，也使得克拉克[2]發現了天狼星的衛星。因此，這個遠近馳名的機構有著十足充分的理由獲得大炮俱樂部的信任。

於是兩天之後，那封大家迫切等待的回信就送達了巴比卡納主席的手中。信上是這樣寫的：

劍橋天文臺臺長致巴爾的摩大炮俱樂部主席

十月七日，劍橋，

本辦公室接到以大炮俱樂部全體會員名義寄給劍橋天文臺的尊函後，立即召開集會，並認為應予以適切回答如下：

尊部向辦公室提出的問題有：

一、有可能發射炮彈到達月球嗎？

1 邦德（George Phillips Bond, 1825-1865），美國天文學家。
2 克拉克（Alvan Clarke, 1804-1887），美國天文學家，望遠鏡製造者。

二、地球與其衛星之間的準確距離是多少？
三、在足夠的初速推動下，炮彈要經過多少時間才會到達月球？據此，應該在什麼時間發射，以便炮彈能在月球上的特定地點墜落？
四、月球在什麼時刻，會出現在容易讓炮彈擊中的位置？
五、發射炮彈的大炮應該瞄準天空的哪一點？
六、炮彈發射時，月球會位在天空的哪一個位置？

關於第一個問題：有可能發射炮彈到達月球嗎？

回答：有可能，假如我們能使炮彈的初速推進到每秒一萬兩千碼，就有可能發射炮彈到達月球。計算證明，這個速度是足夠的。隨著物體逐漸遠離地球，重力作用會以與距離平方成反比的方式遞減，也就是說，當距離增大三倍時，重力作用就減弱九倍。因此，炮彈的重量會快速減少，最後在月球的引力和地球的引力平衡時，亦即炮彈到達路程的五十二分之四十七時，它所受的重力將會完全消失。這時候，炮彈不再具有重量，而如果它越過了這個點，就會單單受月球引力的作用而墜落到月球上。所以，理論證明這個實驗是絕對可行的。至於實驗成功與否，完全依發射裝置的強度而定。

關於第二個問題：地球與其衛星之間的準確距離是多少？

回答：月球環繞地球運行的軌道並非正圓型，而是橢圓形，我們地球佔據橢圓形的兩個焦點其中之一；由此得知，月球有時距地球近，有時距地球遠，或者，以天文學的術語來說，它有時在遠地點，有時在近地點。然而，在此一情況中，最長的距離和最短的距離之間的差距相當大，大到了我們不能忽視的程度。實際上，月球在遠地點時離地球有二十四萬七千五百五十二英里，在近地點時，只有二十一萬八千六百五十七英里。兩者之間相差了兩萬八千八百九十五英里，也就是多於全距的九分之一。因此，應該以月球的近地點距離做爲計算的基礎。

關於第三個問題：在足夠的初速推動下，炮彈要經過多少時間才會到達月球？據此，應該在什麼時間發射，以便炮彈能在月球上的特定地點墜落？

回答：假如炮彈一直保持離開地球時推進的每秒一萬兩千碼的初速，它只需九小時左右就可到達目的地；可是，因爲開始的初速會持續降低，經過整體計算，炮彈將會花上三十萬秒，即八十三小時又二十分才能到達地球引力和月球引力相互平衡的那個點，而從這個地方，還需要五萬秒，即十三小時五十三分又二十秒，才會墜落到月球上。因此，在月球到達瞄準點之前的九十七小時十三分又二十秒時發射炮彈，最爲恰當。

關於第四個問題：月球在什麼時刻，會出現在容易讓炮彈擊中的位置？

回答：根據上述提到的資訊，首先必須選定月球位在其近地點的時期，同時也必須是它穿過天頂的時刻。如此就能使炮彈的路徑，減少一段等同於地球半徑的距離，亦即三千九百一十九英里；因此，最終的路徑將是二十一萬四千九百七十六英里。不過，月球每個月一次經過近地點時，卻不一定會在同一時間位於天頂。只有每隔一段很長的時間，它才會同時處在這兩個條件內。所以，必須等待它穿過近地點和天頂的兩個時刻一致。幸運地，明年十二月四日，月球正巧同時符合這兩項條件：它在午夜十二點時位於近地點，也就是它與地球的距離最短，而它也在此同一時間穿過天頂。

關於第五個問題：發射炮彈的大炮應該瞄準天空的哪一點？

回答：如果我們同意前述的觀察報告，那麼大炮應該瞄準發射地點的天頂[3]；如此一來，射擊線就與水平面垂直，炮彈也能較爲快速地脫離地心引力的作用。不過，要使月球上升至天頂，發射地點的緯度必須不能高於月球在運行軌道上的傾斜度，換句話說，發射炮彈的地點必須設在南緯或北緯的零度到二十八度之間[4]。要是定在其他不管哪個地方，都會不得不傾斜射擊，這會妨礙實驗的成功。

關於第六個問題：炮彈發射時，月球會位在天空的哪一個位置？

回答：在炮彈射進太空中時，每日前進十三度十分三十五秒的月球應該位在距離天頂四倍於這個數字遠的地方，即五十二度四十二分二十秒，這段距離等於月球在炮彈射達它的時間裡所前進的路程。可是，我們也必須考慮到地球自轉將造成炮彈偏離，而炮彈只有在偏離相當於十六個地球半徑的一段距離之後，才能到達月球，依月球的軌道來計算，這大約等於十一度，因爲這個原因，我們必須把這十一度加到前面已經提及的月球比炮彈更遲到達天頂的距離，以整數計算，總共是六十四度。所以，在發射炮彈時，我們望向月球時的視直線，和發射地的垂直線，會形成六十四度夾角。

以上是劍橋天文臺對大炮俱樂部會員提出的問題所做的答覆。

簡單摘要成如下幾點：

一、大炮應該設置在位於北緯或者南緯零到二十八度之間的地方。

3 天頂指的是位於觀測者頭頂上方垂直延伸的天空中的那個點。（原文註）

4 事實上，只有在介於赤道和南北緯二十八度之間的地區，月球的中天會來到天頂，過了二十八度緯線，越靠近兩極地帶，月球和天頂的距離就越遠。（原文註）

譯註：中天是天體通過當地子午圈的位置。子午圈就是以觀測者為中心，從正北、天頂、正南、天底，再繞回到正北的大圈子。天文學和航海學上，利用中天來標示天體的方位。

二、炮口應該瞄準其所處位置的天頂。
三、炮彈推進的初速應該為每秒一萬兩千碼。
四、應該在明年十二月一日晚上十點四十六分四十秒時發射炮彈。
五、炮彈將於發射後四天，亦即十二月四日午夜整到達月球，這也正是月球穿過天頂的時刻。

所以，大炮俱樂部的會員必須刻不容緩地展開這個事業所需的各項工作，而且必須準備好在指定的時刻發射炮彈，因為，假使他們錯過了十二月四日這一天，只能等到十八年又十一天後，才能再度碰上月球同時在近地點和天頂的條件。

劍橋天文臺的辦公室會全力提供有關理論天文學問題的協助，並隨同本函，與美國全國人民一樣，致上祝賀。

劍橋天文臺臺長貝勒法斯特

第五章　月球的故事

假使在混沌初開時期，將一名眼光無比銳利的觀測者置放在一個世界繞著他旋轉的未知中心，他就會看見空間裡充滿著數不盡的原子。但是，經過幾世紀的時間，變化漸漸產生了，萬有引力定律出現了，那些截至目前爲止一直游移不定的原子都受到這個定律的支配。這些原子依照他們的化學親和性相互組合，化爲分子，並形成一團團雲霧狀的物質，散布在太空深處。

這些團形的物質立即繞著他們的中心點旋轉。而由性質模糊的分子所形成的這個中心點也開始一面自轉，一面逐漸凝聚；根據力學中永恆不變的定律，體積隨著凝聚而開始縮減，旋轉的速度也會加快，這兩個作用持續下去，結果便是產生主星，它就是雲霧狀物質的中心。

當觀測者仔細觀看時，他會看到這團雲霧狀物質的其他分子也像中央主星一樣，以它們自己的方式漸次加速自轉而凝聚起來，並且形成無數星體，圍繞著中央主星旋轉。星雲就這樣形成了。據天文學家統計，目前存在有將近五千個星雲。

在這五千個星雲之中，有一個被人類命名爲銀河，包含了一千八百萬顆星體，每顆星體又各自成爲一個太陽系的中心。

假如觀測者這時候特別審視這一千八百萬個星體之中最不起眼，且最黯淡的[1]一顆四等星，也就是被驕傲地稱爲太陽的星體，那麼，太陽系形成時的各種現象都將在他眼底下逐一完成。

事實上，當時的太陽仍是氣體狀態，由眾多運動中的分子所組成，觀測者會瞧見太陽正循著自身的軸心旋轉，完成凝聚的工作。這個符合力學定律的運動隨著體積縮小，變得越來越快。因而到了這麼一個時刻：離心力戰勝了把分子推往中心的向心力。

這時候，另一個現象會在觀測者眼前發生。位在天赤道面的分子，像是石頭從突然斷裂的彈弓繩子飛射出來一般，在太陽周圍形成許多類似土星光環的同心環。這些環狀的宇宙物質圍繞著中央團塊旋轉，接著也輪到它們裂開，分解成第二層級的雲霧狀物質，我們稱它們爲行星。

假使觀測者這時把全部的注意力集中在這些行星上，就會看見它們的運作模式與太陽完全一樣，產生出一個或多個宇宙環，這便是我們稱作衛星的低層級星體的起源。

所以，從原子往上推到分子，從分子到雲霧狀團塊，從雲霧狀團塊到星雲，從星雲到主星，從主星到太陽，從太陽到行星，從行星到衛星，我們看到天體從宇宙初期以來所經歷的一系列變化。

太陽似乎迷失在遼闊的恆星世界裡，然而，當代的科學理論證明，它是與銀河星雲聯繫在一起的。這個太陽系的中心，儘管在太空中看起來如此渺小，事實上卻是十分龐大，它的大小是地球的一百四十萬倍。在太陽周圍，有八顆行星環繞它旋轉，那正是創始之初，從它有如母親般的腹部裡孕育出來的。由離太陽最近到最遠，這些星體分別是水星、金星、地球、火星、木星、土星、天王星和海王星。此外，在火星和木星之間，還有不少其他較小的物體在規律地運行著，它們或許是某個爆裂成數千塊的天體所剩下的漂移碎片。時至今日，能用望遠鏡看到九十七片[2]。

太陽藉由偉大的萬有引力定律，控制在橢圓形軌道上的這些僕人們，其中幾個也有自己的衛星。天王星有三個，土星有七個，木星有四個，海王星可能有三個，地球一個。地球擁有的這顆星，是太陽系裡最不重要的衛星之一，叫做月球，美國人想用大膽天才去征服的，

1 天文學家霍拉史東認為，天狼星的直徑應該相當於太陽直徑的十二倍，即四百三十萬法里。（原文註）

2 這些小行星的其中幾顆體積之小，讓人可以用僅僅一天的時間，以小跑步的方式繞行一圈。（原文註）

正是它。

月球，這個黑夜的星體，由於距離地球較近，而且在不同的相位會快速變換景致，所以，早期和太陽一樣，受到地球居民的注意。但是，太陽容易讓視力疲乏，它那燦爛的光芒迫使觀望的人低下眼睛。

相反地，金黃色的芙蓓較平易近人，任由人隨心所欲地欣賞她樸實的優雅；她柔和悅目，不會野心勃勃，然而，有時她也會大膽地遮住她哥哥——耀人的阿波羅[3]的光彩，卻從來不曾被哥哥遮住。伊斯蘭教徒早已了解到，他們應該對這位地球的忠實女友心存感激，於是按照月球公轉的週期[4]來制定月份。

原始民族對這位貞潔的女神有份特殊的崇敬。埃及人稱她伊西斯；腓尼基人把她取名叫阿斯塔蒂；希臘人用芙蓓這個名字來崇拜她，認爲她是拉托娜和朱庇特的女兒[5]，他們將月蝕解釋爲黛安娜祕密造訪英俊的恩底彌翁[6]。若相信神話傳說的描述，涅墨亞獅子[7]在來到地球之前，曾跑遍了月球的原野。根據作家普魯塔克[8]引述，詩人阿傑西亞納克斯在他的詩句中頌揚那由令人崇敬的塞勒涅女神[9]的發光部分所形成的溫柔雙眼、迷人的鼻子和可愛的嘴巴。

雖然從神話的角度來看，古代人相當了解月亮的品格和性情，簡單來說，就是月亮精神層面的優點。但他們當中最博學的人對月球學仍舊一無所知。

然而，不少遠古時代的天文學家倒是發現了某些今日科學證實的月球特點。古希臘的阿卡迪亞人聲稱，他們在月球還不存在的時期就居住在地球上了。古羅馬國王塔修斯將月亮視爲從日盤上脫離出來的碎片。哲學家亞里斯多德的弟子克雷亞爾克把月亮當作是一面光滑的鏡子，上頭映照著海洋的影像。最後，另外一些人認爲，月亮不過是從地球上飄散出的一團蒸氣，又或者是顆一半是火，一半是冰的自轉球體。儘管如此，有些學者在缺乏光學儀器的情況下，單憑著敏銳的觀察，就猜測到支配這個黑夜星體的大部分定律。

---

3 阿波羅（Apollon）希臘神話中的太陽神。

4 大約是二十九天半。（原文註）

5 眾神之王朱庇特（Jupiter）和暗夜女神拉托娜（Latone）生育了一對子女，男孩是太陽神阿波羅，女孩是月神芙蓓。

6 黛安娜（Diane）為第一代月亮女神芙蓓的別名，外貌俊美的牧羊人恩底彌翁（Endymion）是月神的戀人，無奈這段天神與凡人的戀情，注定遭到眾神的懲罰，恩底彌翁因此永遠沉睡。

7 涅墨亞獅子（lion de Némée）是希臘神話中有名的巨獅，有一身刀槍不入的厚皮，性格殘暴，後來被海克力士所殺。

8 普魯塔克（Plutarque, 46-125），羅馬時期的希臘作家，作品在他生前和死後都深受歡迎，據學者考證，莎士比亞的不少劇作皆取材自他所寫的傳記。

9 塞勒涅（Séléné）為希臘神話中第二代的月亮女神。

例如，米利都人泰勒斯[10]於西元前四百六十年時，發表了月亮是被太陽所照亮的見解。薩摩斯島人阿里斯塔克斯[11]對月亮的相位變化提出了正確的解釋。克里昂梅納[12]指出月亮的光是一種反射光。迦勒底人貝洛斯[13]發現月球自轉與公轉的時間相等，由此說明了月球始終呈現同一面的原因。最後，希帕克[14]在西元前二世紀，就發現地球所屬衛星的視運動[15]有一些不規則性。

這些不同的觀察後來都被證實，而且對往後天文學家的研究很有幫助。托勒密[16]在西元二世紀，阿拉伯人阿布韋發[17]在十世紀，先後對希帕克所提的有關月球運動不規律的觀察做出補充，他們認爲月球的軌道在太陽的作用下，呈現波浪形的起伏線，因而產生運動不規則的現象。接著，哥白尼[18]在十五世紀，以及第谷．布拉赫[19]在十六世紀，也先後完整闡述了宇宙的系統以及月球在天體中扮演的角色[20]。

在那個年代，月球的各種運動已經差不多都有了定論，但是，人們對它的物質結構知道的還很少。是伽利略[21]以山脈的存在來解釋月球某些相位的光影現象，他認爲月球山脈的平均高度有四千五百托瓦茲[22]。

10 泰勒斯（Thalès, 625 BC-546 BC），古希臘的哲學家和科學家。

11 阿里斯塔克斯（Aristarque, 310 BC-230 BC），古希臘的天文學家和數學家。

12 克里昂梅納（Cléomène, 生卒年不詳），古希臘天文學家及數學家。

13 貝洛斯（Bérose, 西元前330年出生），古希臘的天文學家和歷史學家，出生於亞歷山大大帝統治時期的巴比倫。

14 希帕克（Hipparque, 190 BC-120 BC），古希臘天文學家，也是幾何三角函數的創始者。

15 視運動，地面上的觀測者在地球自轉、公轉以及天體運行的影響下，直接觀察到的天體的運動。

16 托勒密（Ptolémée, 90-168），古羅馬時期的希臘天文學家，也是地理學研究的先驅，其著作對西方科學發展影響甚鉅。

17 阿布韋發（Aboul-Wéfa, 生不詳-998），中世紀伊斯蘭世界的天文學家。

18 哥白尼（Nicolas Copernic, 1473-1543），文藝復興時期的波蘭天文學家，主張太陽為宇宙中心。他的學說改變了當時人類對宇宙的認識，被視為日後十七世紀科學革命的起因。

19 第谷・布拉赫（Tycho Brahé, 1543-1601），丹麥天文學家，著名的德國天文學家克卜勒（Johannes Kepler, 1571-1630）曾是他的助手。

20 可參見貝爾特宏先生（Joseph Bertrand, 1822-1900）所寫的一本奇妙好書，書名為《現代天文學的創始者》。此書收藏於法蘭西研究院。（原文註）

21 伽利略（Galilée, 1564-1642），十七世紀義大利的物理學家、天文學家及哲學家，支持哥白尼的太陽中心說，是科學革命的重要人物。他不但改進了望遠鏡和天文觀測，還發表慣性定律等多項物理定律，被後世譽為現代科學之父。

22 托瓦茲（toise），法國的舊長度單位，一托瓦茲相當於一・九四九公尺。

在他之後，來自波蘭但澤市的赫維留斯[23]將最高幾座山的高度降低至兩千六百托瓦茲；但是，同樣是天文學家的里喬利[24]又將那些山的高度提升為七英里。

到了十八世紀末，赫雪爾[25]是用高倍數的望遠鏡觀測，把前述的測量結果大幅降低。他表示那些最高的山脈只有一千九百托瓦茲，並且將不同山峰的高度平均值縮減到只剩四百托瓦茲。可是，赫雪爾還是錯了，要經過施羅特、魯維勒、哈雷、納斯密斯、畢昂基尼、帕斯托爾夫、洛爾曼、顧魯特伊森的觀測，特別是比爾和蒙德雷爾[26]兩位先生長期耐心的研究，才徹底解決了這個問題。幸而有這群科學家，今日世人才能對月球山脈的高度有完整的認識。比爾和蒙德雷爾測量了一千九百零三座山峰，其中有六座高於兩千六百托瓦茲，有二十二座高於兩千四百托瓦茲[27]。最高的山峰可以從三千八百零一托瓦茲的高度俯瞰月輪的表面。

在此同時，對月球的知識也逐漸完備起來；這個星體看起來布滿了火山口，每次的觀測都更加斷定它基本上屬於火山地質。依據被月球遮住的行星的光線並沒有折射這一點來看，我們可以得出結論：月球上幾乎沒有空氣。因為缺乏空氣，所以也沒有水。因此，顯然地，月球人要在這樣的條件裡生活，勢必具備特殊的身體構造，而且必定和地球的居民非常不同。

總之，一些更完善改良過的儀器，借助新的方法不斷地搜索月球，不留一點未經勘查的地方，然而，月球的直徑才兩千一百五十英里[28]，它的面積是地球的十三分之一[29]，它的體積是地球的四十九分之一，可是，它沒有一項祕密能逃過天文學家的眼睛，這些機敏的科學家總是能把他們驚人的觀察推得更遠。

---

23 赫維留斯（Johannes Hevelius, 1611-1687），十七世紀波蘭天文學家，曾擔任但澤市的市長。

24 里喬利（Giovanni Battista Riccioli, 1598-1671），十七世紀義大利的天文學家，也是天主教耶穌會的神父。

25 威廉・赫雪爾（William Herschell, 1738-1822），出生於德國的英國天文學家兼音樂作曲家，也是首位發現天王星的人。

26 施羅特（JohannShroeter, 1745-1816），十八世紀德國天文學家。魯維勒（Jacques de Louville, 1671-1732），十八世紀法國天文學家、數學家。哈雷（Edmond Halley, 1656-1742），十八世紀英國物理學家、天文學家、數學家，曾計算出哈雷彗星的公轉軌道，也是第一位預測哈雷彗星會重返的人。納斯密斯（James Nasmyth, 1808-1890），十九世紀蘇格蘭工程師，天文學的業餘愛好者。畢昂基尼（Francesco Bianchini, 1662-1729），十八世紀義大利天文學家、歷史學家、哲學家。帕斯托爾夫（Pastorf, 生卒年不詳），十九世紀英國天文學家。洛爾曼（Wilhelm Gotthelf Lohrman, 1796-1840），十九世紀德國天文學家。顧魯特伊森（Gruithuysen, 生卒年不詳），十九世紀德國銀行家、熱衷於天文學。蒙德雷爾（Moedeler, 1794-1874），十九世紀德國天文學家。

27 歐洲第一高峰白朗峰（mont Blanc）的高度為海拔四千八百一十三公尺。（原文註）

28 相當於八百六十九法里，也就是地球半徑的四分之一再稍微多些。（原文註）

29 即三千八百萬平方公里。（原文註）

正因如此，他們注意到滿月時，月盤的某些部分出現白色的線，而在其他月相時，又出現一些黑色的線。經過較縝密的研究之後，他們終於對這些線的性質有了確切了解。那是一條條在兩道平行邊之間的狹窄長溝，通常會延長至火山口的邊緣；這些窄溝的長度介於十到一百英里，寬度有八百托瓦茲。天文學家稱這些叫凹槽，但是，他們所能做的，只是為之命名，至於這些凹槽是不是古河流的乾涸河床，這個問題科學家尚無法得到圓滿的解答。所以，美國人期望有朝一日能查清楚這個地質學的事實。他們也等著想查清楚慕尼黑的博學教授顧魯特伊森的觀測結果，這位科學家發現月球表面有一系列平行的圍牆，並認為這是月球人的工程師所建立的防禦系統。在這兩個尚未釐清的問題之外，無疑還會有許多其他問題，只有在與月球建立直接聯繫之後，才能有最終的解答，

有關月光的強度，已經沒有什麼不清楚的了；我們知道它比太陽光弱上三十萬倍，它的熱度對溫度計沒有任何可以測量得到的作用；至於被稱作「灰光」的現象，可以很自然地解釋為太陽光從地球反射到月球上的作用，當月盤呈現出它在第一和最後相位的新月形狀時，這種反射的太陽光似乎就填滿了月盤的其他部分。

這就是當時所知道有關地球所屬衛星的綜覽，而大炮俱樂部正打算從宇宙誌、地質學、政治，和精神上的各個觀點來充實這份知識清單。

月球

第六章　在美國不可能不知道和不准相信的事

巴比卡納的提議所引起的立即結果，就是所有與月球這個黑夜星體有關的天文現象都成了當下熱門的時事議題。每個人都勤奮不休地著手研究月球，就好像它是第一次出現在地平線上，還沒有人在天空裡瞥見過它似的。月亮變得風靡一時，她是個裝扮華麗的時髦女子，看起來卻謙遜穩重，她列居「明星群」，卻從不傲氣凌人。在各家報紙上，以這個「屬於狼的太陽」爲要角的古老趣聞紛紛復活，他們重新提醒了大家，月亮在無知的遠古時代所具有的影響力，他們用各種聲調來歌頌她；若再發展下去，他們可能就要引用她的妙語了。整個美國全都沉醉在月亮狂熱之中。

在科學雜誌這方面，則特別探討大炮俱樂部的計畫所觸及的不同問題。他們公布了劍橋天文臺的答覆信，並且毫無保留地加以評注和讚揚。

簡而言之，即使是最沒有文化修養的美國佬，也必須知道有關地球衛星的所有知識，就算是腦筋最遲鈍的老太太，也不准繼續相信著關於月球的錯誤迷信。科學用盡一切的不同形式來到他們面前，科學經由他們的眼睛和耳朵，滲透進他們的大腦，實在沒有人可能再當個天文學上的……蠢蛋。

一直到當時，還有許多人不曉得怎麼能計算出地球到月球的距離。人們於是利用這個時機告訴那些人，這個距離是由計量月球的視差得來的。假如視差這個詞令他們感到吃驚，那麼人們就對他們說明這是由地球半徑的兩端延伸至月球的兩條假想直線所形成的夾角。假如他們懷疑這個方法有缺點，人們就會即刻向他們證明這個平均距離是二十三萬四千三百四十七英里，而且不僅如此，天文學家們的計算誤差不會超過七十英里。

對於那些不熟悉月球運行的人，報紙每天都在向他們講解，月球有兩種不同的運動，一種是繞著自身軸心的自轉，一種是繞地球的公轉，兩種運動都在相等的時間完成，即二十七又三分之一天[1]。

自轉正是使月球表面產生白晝和黑夜的運動。不過，在太陰月[2]裡，只有一個白晝和一個黑夜，兩段時間的長度均為三百五十四又三分之一小時。但是，對月球來說相當幸運的

---

1 這是恆星周的時間，也就是月球相對於固定的恆星，完整繞行軌道一周所需的時間。（原文註）

2 太陰月是月相循環一次的平均時間，也就是月球的朔望週期，所以又稱為朔望月。中國農曆的每一個月相當於一個太陰月。

是，它面向地球的那一面是被地球的光線照射，光線亮度相當於十四顆月球。而我們之中看不見的另一面，自然是三百五十四小時的絕對黑夜，只因有那「從高空灑落的蒼白星光」才緩和了黑暗度。這是自轉和公轉在極相等的時間內完成時才有的特殊現象，卡西尼[3]和赫雪爾認爲，木星的衛星也有相同的現象，很可能所有其他衛星皆是如此。

一些求知慾相當強，卻又固執的人，起初並不了解月球在公轉時，總以不變的同一面向著地球的原因是月球繞地球一周和它自行轉動一周所需的時間相等。大家便對這些人說：「到你的飯廳裡去，繞著飯桌轉一圈，眼睛一直望著桌子中心；等你的環形散步結束後，你也自轉了一周。很好！飯廳是宇宙，飯桌是地球，而你就是月球！」他們很滿意這樣的比喻，就高興地走了。

所以，月球永遠以同樣一面向著地球，然而，爲了準確起見，還應該補充一下，由於某種稱爲「天平動」的由北向南、由西朝東的擺動，月球讓我們看見的面積稍微大過一半，大約是百分之五十七的月盤面。

當沒學識的人也和劍橋天文臺的臺長一樣，懂得月球自轉的道理以後，他們便對月球圍繞地球轉動的現象感到非常關切，這時，立刻會有許多科學雜誌介紹他們這方面的知識。他們因此學到，充滿著無以數計星體的天空，可以被視爲一個廣闊的鐘面，月球就在鐘面上運行，來向地球的居民指示眞正的時間。這顆黑夜的星體在這個運動中，呈現出不同的相位。

當月球位在與太陽相衝的地方，也就是說，當三個星體處在同一條直線上，而地球位居中央時，月相是滿月。當月球和太陽處在合的狀態，也就是月球位在地球和太陽之間時，月相叫做新月。最後，當月球和太陽以及地球形成直角，而月球位在直角頂點時，此時的月相爲上弦月或下弦月。

有些洞察力敏銳的美國人因此推出結論說，日月蝕只會發生在月球和太陽處在合或衝的位置，他們的推論沒錯。日月相合時，月球可能遮住太陽，而日月相衝時，則換成地球可能遮住太陽。如果日蝕和月蝕不會在每個朔望月[4]都發生，那是因爲月球運行的軌道平面與黃道面傾斜，換句話說，是和地球運行的軌道平面傾斜。

關於這個黑夜裡的天體能到達地平線哪個高度的問題，劍橋天文臺的信已經全都表達清楚了。每個人都知道，這個高度隨著觀察月球地點的緯度而變化。但是，在地球上可以看到月球經過天頂的區域，也就是月球直接位在觀測者頭頂上方的區域，必然是介於南北緯二十八度和地球赤道之間的地帶。所以，才有了那個重要的建議，要求發射實驗必須在地球的這

3 卡西尼（Jean-Dominique Cassini, 1625-1712），義大利出生的法國籍天文學家兼水利工程師。

4 朔望月是月球的相位更替的週期，亦即月亮圓缺變化的週期。月朔時，月相是新月，月亮在太陽和地球之間；月望，也就是滿月時，地球處在太陽和月亮中間。

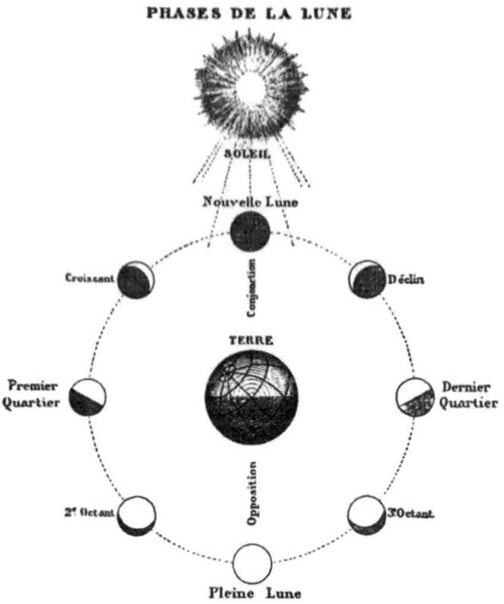

月球公轉的週期

個地區上的某一點進行，以便炮彈能夠垂直發射，並因此能較快擺脫重力作用。這是讓計畫成功的必要條件，所以當然會引起輿論的強烈關注。

至於月球繞地球公轉時運行的軌道，即使對任何一個國家裡沒有學識的人來說，劍橋天文臺的解說也足夠明瞭了，天文臺的科學家認爲月球的運行軌道是一條內凹曲線，但並非圓形，而是橢圓形，地球正位在橢圓形軌道的一個焦點上。所有行星的運行軌道都是橢圓形的，所有的衛星也是如此，理論力學精確地證明天體的軌道不可能不是這樣。顯而易見地，月球在它的遠地點時，距離地球較遠，位在近地點時，離地球較近。

以上這些知識是所有美國人不管願不願意都應該要知道，也不能不知道的。不過，就算這些正確原則的普及速度很快，仍有許多錯誤的觀念，某些幻想的恐懼是較不容易根除的。

例如，有些正直人士就支持月球是一顆古老彗星的說法，這個彗星原本沿著它狹長的軌道繞著太陽運行，在偶然經過地球旁邊時，被地球的引力圈拉住了。這些光說不練的客廳天文學家企圖用這種說法來解釋月球表面的焦灼現象，以這種方式來看待這個光輝燦爛的星體，實在是不可彌補的不幸。唯有等到人們提醒他們，彗星有大氣層，而月球只有極少量或根本沒有空氣時，他們才非常尷尬地答不出話來。

另外還有一些膽小之徒，對月球懷有某種恐懼。他們聽說，從哈里發時代[5]的觀測顯示，月球繞地球公轉的速度以某種比值在逐漸加快；他們由此做出了其實非常合乎邏輯的推論：運動越加速，兩個星體之間的距離就越減少，這兩種互為因果的作用交相影響，無限持續下去，總有一天月球就會落到地球上來。然而，根據一位傑出的法國數學家拉普拉斯[6]的計算，這種運動的加速度增加的範圍極爲有限，很快就會有一個比例相應的減速運動繼之而來，當人們把這些告訴他們之後，他們才放心，不再爲將來的世代擔憂。所以說，在未來的幾世紀裡，太陽系的平衡是不可能受到擾亂的。

---

5 哈里發（Calife）是阿拉伯帝國最高統治者的稱號，阿拉伯人於西元六三二年到一二五八年間，在阿拉伯半島上創建了一系列伊斯蘭穆斯林哈里發國，這個時代的天文學因為宗教、生產以及航海貿易的需求而高度發展。

6 拉普拉斯（Pierre-Simon marquis de Laplace, 1749-1827），十九世紀法國著名的天文學家及數學家，對天體力學和統計學的發展貢獻很大。

最後剩下的是無知群眾中的迷信階級，這些人不滿意自己的無知，他們知道許多不存在的事物，而有關月球，他們可是知道得很詳盡。有一批人將月盤看作光滑的鏡子，人們藉由它，可以在地球上的不同地點相互對看，並且溝通彼此的想法。另一批人宣稱，在觀測的一千次新月裡，有九百五十次曾經引來諸如大動亂、革命、地震、洪水等顯著的變化。他們因此相信，這個黑夜星體對人類命運有著神祕的影響力。他們把月球看作是讓萬物生命得以存在的「眞正平衡錘」。他們認爲每一個月球人和每一個地球上的居民都因互相感應而產生連繫。他們與梅德博士的看法相同，都主張生命體系完全受月球的支配，並堅稱男孩大都是在新月時出生，女孩在下弦月時出生等等。可是，到頭來，還是必須拋棄這些庸俗的錯誤，回歸到唯一的眞理，儘管月球的迷信影響被剝奪之後，在某些信奉者的心中喪失了它所有的能力；儘管有幾個人把背朝向它，不理睬它，但廣大的多數群眾卻是表明支持它的。至於美國佬們，他們只想占有這塊天空中的新大陸，把美利堅合眾國的星條旗豎立在月球的最高峰上，除此之外，對它就不再有其他野心了。

第七章　炮彈的頌歌

劍橋天文臺已經在十月七日寫的那封具有紀念價值的回覆信裡，從天文學的角度探討過問題，從現在起，該來解決問題的機械層面了。這些實際應用上的困難對美國以外的其他國家來說，似乎顯得難以克服。但在這裡，只不過是一種遊戲。

巴比卡納主席沒有浪費時間，早已在大炮俱樂部內部指派了一個執行委員會。委員必須召開三場會議來釐清大炮、炮彈和火藥三個重大問題。執行委員會由四位非常精通這些方面的俱樂部會員組成。他們是：巴比卡納，他在贊成與反對票數相等時具有決定性的一票；與摩爾岡將軍、參謀艾爾費斯頓，以及那位在任何事情都不可或缺的馬斯通，大家交付他祕書和撰寫會議記錄的職務。

十月八日，執行委員們聚在共和街三號巴比卡納主席的家中舉行會議。這種時候，不讓這般嚴肅的討論被飢腸轆轆所擾亂，是十分重要的，因此，大炮俱樂部的四位會員在一張擺滿三明治和大茶壺的桌子旁坐下。馬斯通立即把鋼筆緊緊旋在他的鐵鉤手上，會議便開始了。

巴比卡納首先發言：

「親愛的同事們，」他說，「我們現在要來解決一個彈道學中最重要的難題，這門了不起的科學所研究的是發射物的運動，也就是研究物體被某種推進力拋擲到空中，接著自行運動的過程。」

「啊！彈道學！彈道學！」馬斯通用激動的聲音叫喊。

「假如我們第一次的會議就討論發射器，」巴比卡納接著說，「或許看起來較合乎邏輯……」

「的確如此。」摩爾岡將軍回答。

「然而，經過深思熟慮之後，」巴比卡納接著又說，「我覺得炮彈的問題應該優先於大炮

巴比卡納在會議發言

的問題，而且後者的體積應該依據前者的體積來決定。」

「我要求發言。」馬斯通大聲說。

他的要求馬上獲得批准，他輝煌的過去值得別人這樣殷勤對待。

「正直的朋友們，」他以充滿靈感的語調說，「我們的主席把炮彈的問題擺在第一位是對的！這顆將要發射到月球上的炮彈，是我們的使者，我們的外交大使，請你們允許我從純粹精神上的角度來看待它。」

這種思考炮彈的新穎方式引起委員們強烈的好奇心，因此他們都極其專注地聆聽馬斯通的發言。

「親愛的同事們，」他說，「我將儘量簡單扼要。我要把物理學上，能殺人的炮彈暫且擱在一旁，只從數學和精神層面來考慮炮彈。對我而言，炮彈是人類力量最光輝燦爛的表現。整個人類的能力都可以集中在它身上並展現出來。人類創造了炮彈，這正顯示人的地位與造物者相去不遠！」

「好極了！」參謀艾爾費斯頓說。

「事實上，」這位演說者高聲說，「如果上帝創造了恆星和行星，人類則創造了炮彈。它是地球上最高速度的標準，是遊蕩在空中的星體的縮小版，說實在，這些微小的星體也不過就是遊走天空的炮彈！電的速度、光的速度、恆星的速度、彗星的速度、行星的速度、衛星的速度、聲音的速度、風的速度，這些都歸上帝所有！可是，炮彈的速度卻是屬於我們的，它比起火車和跑最快的馬還要快上一百倍！」

馬斯通顯得心蕩神馳。他吟詠著炮彈的神聖頌歌，語調裡充滿了熱情。

「你們想要一些數字嗎？」他又接著說，「這兒就是幾個深具說服力的數字！就單單拿樸實的炮彈二十四[1]來說，儘管它飛行起來比電還慢八十萬倍，比光速慢一百四十倍，也比繞著太陽移動的地球還慢上七十六倍，然而，它從大炮裡發射出來時，速度卻超過了音速[2]，達到每秒兩百托瓦茲，十秒鐘可走兩千托瓦茲，每分鐘十四英里，每小時八百四十英里，每天兩萬零一百英里，也就是等於在赤道地帶測出的地球自轉速度，每年七百三十三萬六千五百英里。所以，它只要十一天就能去到月球，十二年到達太陽，三百六十年可以抵達太陽系邊緣的海王星。這就是這顆樸實的炮彈所能辦到的事，而它可是我們雙手製造出來的作品呀！所以，當我們把它的速度提高二十倍，以每秒七英里的速度發射出去，它會達到什麼樣的一番景象呀！啊！絕妙的炮彈！光彩奪目的炮彈！我多麼喜歡想像你將在那上面受到地球大使身分的何款招待呀！」

迎接這響亮結語的是一片烏拉聲，馬斯通激動萬分，在同事們的祝賀聲中坐下。

「已經花了一大半時間作詩了，」巴比卡納說，「現在就讓我們直接來討論問題。」

「我們都準備好了。」委員會的成員們回答，在這之前，他們各自都吃掉了半打左右的三明治。

「你們知道等著要解決的問題是什麼了，」主席接著說；「這個問題在於使炮彈具有每秒一萬兩千碼的速度。我有理由相信我們會成功。不過，現在先來檢視一下截至目前爲止我們已經獲得的速度。摩爾岡將軍能夠在這方面給我們一些指點。」

「這是再容易不過的了，」將軍回答，「因爲戰爭期間，我是實驗委員會的成員。因此我可以告訴你們，道葛林一百磅大炮的射程是兩千五百托瓦茲，能使炮彈的初速達到每秒五百碼。」

「很好。那麼羅德曼的哥倫比亞[3]呢？」主席問道。

「羅德曼的哥倫比亞大炮曾在紐約附近的漢米爾頓堡試射，它發射了一枚半噸重的炮彈，射程達六英里，速度爲每秒八百碼，英國的安姆史卓和巴里傑爾從來不曾獲得這樣的結果。」

「哼！英國人！」馬斯通把他那可怕的鐵鉤轉向東方的地平線，叫了一聲。

---

1 也就是重量為二十四磅的炮彈。（原文註）

2 因此，當我們聽見火炮口發出巨響時，就不必再擔心可能會被炮彈擊中了。（原文註）

3 美國人把這種巨大的毀滅性發射器取名叫哥倫比亞。（原文註）

「所以說，」巴比卡納接著發言，「八百碼是直到目前爲止所達到的最大速度？」

「是的。」摩爾岡回答。

「然而，要是我的迫擊炮沒有爆炸的話，」馬斯通回嘴道，「我會說……」

「沒錯，可是它爆炸了，」巴比卡納回答，一面做了個善意的手勢。「那麼，讓我們拿這八百碼的速度做爲出發點，必須把它增大二十倍。因此，有關產生這個速度的方法，我保留到下一次會議來討論，親愛的同事們，我要請你們將注意力放在炮彈應有的體積上。你們當然能料到，這裡所討論的可不再是頂多半噸重的炮彈了！」

「爲什麼不是？」參謀問。

「因爲，」馬斯通迅速回答道，「這枚炮彈必須足夠大，才能引起月球上居民的注意，

羅德曼的哥倫比亞大炮

假如眞有月球人存在的話。」

「是的，」巴比卡納回答，「而且還有另外一個更重要的理由。」

「巴比卡納，您這話的意思是什麼呢？」參謀問。

「我的意思是發射出炮彈，然後就不再管它，這樣做是不夠的。我們必須在過程中一直留意它，直到它抵達目的地爲止。」

「啊！」將軍和參謀一起回應，他們對於這個提議有些訝異。

「毫無疑問，」巴比卡納相當有把握的繼續說，「毫無疑問，否則我們的實驗就什麼結果也沒有了。」

「可是，」參謀問道，「這麼說來，您是要製造一枚體積龐大的炮彈嘍？」

「不，請聽我說。你們知道光學儀器的精密程度已經大大提升了，藉由某些望遠鏡，我們已經可以把物體放大六千倍，把月球拉近到四十英里左右。在這個距離，邊寬六十英尺的物體是可以看得相當清楚的。我們沒有把望遠鏡的觀測能力推得更遠，是因爲觀測的倍數越是增進，就越會損害到物體的明亮度。而月球不過是一面會反射的鏡子，不可能放射出足夠強烈的光線，讓我們將物體放大到超出這個限度。」

「好吧！那您打算怎麼做呢？」將軍問。「您要讓您的炮彈有六十碼的直徑嗎？」

「不！」

「所以，您要使月球更明亮嗎？」

「正是如此。」

「這太誇張了！」馬斯通大聲喊道。

「是的，非常簡單，」巴比卡納回答。「實際上，假如我能減少月光所穿透的大氣層厚度，不就可以讓光線更明亮了嗎？」

「顯然是這樣。」

「很好！我只需要在一座高山上架設望遠鏡，就能獲得這個結果了。我們將會這麼做。」

「我認輸，我認輸，」參謀回答，「您在簡化複雜的事情上很有一套！……您希望用這個方法把月球放大多少倍呢？」

「放大四萬八千倍，這樣就能將月球拉近到只有五英里的距離，而物體只要有九英尺的直徑便能夠看清楚。」

「太好了！」馬斯通大聲說，「所以我們的炮彈直徑會是九英尺嗎？」

「完全正確。」

「可是，請容許我對您說，」參謀艾爾費斯頓說，「這樣的重量仍舊是……」

「喔！參謀，」巴比卡納回答，「在討論炮彈的重量之前，請讓我先告訴你，我們的祖先在這方面的神奇成就。我絕不是說彈道學沒有任何進步，不過，如果先知道中世紀就已有令人稱奇的成果，是有益的，而且我敢說，這些成果比我們的作品還要驚人。」

「哪有這回事！」摩爾岡反駁道。

「請證實您說的話。」馬斯通緊接著說。

「這是再容易不過的了，」巴比卡納回答，「我有不少支持我的提議的例子。譬如，在一四五三年，穆罕默德二世圍攻君士坦丁堡時，曾經發射了一枚一千九百磅重的石頭炮彈，它的體積鐵定相當大。」

「啊！啊！」參謀連叫了兩聲，「一千九百磅，這可是個龐大的數字！」

「在中古騎士時代，馬爾他島的聖艾爾摩堡的某座大炮，發射過數枚重達兩千五百磅的炮彈。」

馬爾他島的大炮

「不可能！」

「最後，根據一位法國歷史學家的說法，在法王路易十一當政的時代，有一座迫擊炮發射了一枚重量只有五百磅的炸彈，不過，這顆炸彈從那個瘋子關智者的巴士底射出，掉落在智者關瘋子的地方——夏朗通[4]。」

「好極了！」馬斯通說。

「之後，總的來說，我們還看見什麼呢？安姆史卓大炮發射的是五百磅的炮彈，羅德曼的哥倫比亞發射的炮彈有半公噸重！所以看起來，炮彈的射程增加，重量卻減輕了。不過，如果我們把精力全轉到重量這方面，結合科學的進步，我們一定可以將穆罕默德二世和馬爾他島騎士們的炮彈重量增加十倍。」

「這是顯然的，」參謀回答，「不過，您打算用那種金屬來製造炮彈呢？」

「很簡單，用鑄鐵。」摩爾岡將軍說。

「啐！鑄鐵！」馬斯通帶著極輕蔑的神情喊道，「這對一顆要送到月球上的炮彈來說，未免太庸俗了。」

「別誇大其辭，可敬的朋友，」摩爾岡回答；「鑄鐵就足夠了。」

「好吧！」參謀艾爾費斯頓接著說，「既然重量和體積成正比，一顆直徑九英尺的鑄鐵炮彈，重量仍舊相當可怕！」

「如果是實心的，當然很重；空心的就不同了。」巴比卡納說。

「空心的！這還算是炮彈嗎？」

「我們可以在裡面放幾封信和一些地球產物的樣品！」馬斯通立即回嘴。

「是的，正是這樣一顆炮彈，」巴比卡納回答，「而且空心是絕對必要的；一顆一百零八英寸的實心炮彈，它的重量會大於二十萬磅，這顯然太重了；可是，爲了保持炮彈一定的穩定度，我建議把它的重量定爲五千磅。」

「所以，炮彈內壁的厚度要多少呢？」參謀問。

「假如我們遵守規定的比例原則，」摩爾岡接著說，「直徑八百英寸的炮彈，內壁厚度至少需要兩英尺。」

「這太多了，」巴比卡納回答；「請留意，我們這兒討論的不是用來打穿鋼板的炮彈；所以，只要它的內壁堅固，足以抵抗火藥燃燒時的氣體壓力就夠了，在此出現一個問題：一顆重量只有兩萬磅的鑄鐵炮彈，它的內壁應該多厚呢？我們能幹的計算師，正直的馬斯通，將在會議結束前把答案告訴我們。」

「有什麼比這更容易的。」可敬的委員會祕書回答。

---

4 當時，從巴士底（Bastille）到夏朗通（Charenton）的距離為一法里半，大約等於六公里。

話說完，他在紙上寫了幾個代數公式；大家看見他的筆下出現幾個 π 和 x 的乘方。他若無其事地，甚至像是在開一個立方根的樣子，然後便說：

「炮彈內壁幾乎不到兩英寸厚。」

「這樣的厚度足夠嗎？」參謀一臉懷疑的表情詢問。

「不夠，」巴比卡納主席回答，「顯然不夠。」

「好！那麼該怎麼辦！艾爾費斯頓面露難色，接著說。

「不用鑄鐵，改用另一種金屬。」

「用銅如何？」摩爾岡說。

「不，這還是太重了；我要向你們建議一種更好的金屬。」

「是什麼？」參謀說。

「鋁。」巴比卡納回答。

「鋁！」主席的三位同事齊聲喊道。

「我的朋友們，這實在無庸置疑。你們都知道法國一位著名的化學家亨利．聖克萊爾．德維爾在一八五四年已經成功製得質地密實的鋁塊。這種貴重的金屬有著白銀一樣的顏色，像黃金一樣不會變質，像鐵一樣韌性強，具有和銅一樣的可熔度，而且像玻璃一樣輕。它容易加工，在大自然裡分布很廣，因爲氧化鋁是大部分岩石的基本成分，它的重量比鐵輕三倍。它就好像是為了提供我們製炮彈的材料而被刻意創造出來似的！」

「烏拉，鋁！」委員會祕書高聲喊著，他在熱情興奮的時候，總是喧喧嚷嚷的。

「可是，親愛的主席，」參謀說，「用鋁來製造炮彈，成本不是很高嗎？」

「他的價格曾經很高，」巴比卡納回答，「在剛發現的初期，一磅鋁的價值是兩百六十到兩百八十美元；接著，價格跌到二十七美元，今日，它只值九美元。」

「可是，每磅九美元，」不輕易讓步的參謀反駁道，「這個價格仍舊是一筆巨額啊！」

「一點也沒錯，我親愛的參謀，可是並非昂貴到買不起。」

「炮彈的重量會是多少？」摩爾岡問。

「我計算出來的結果是這樣的，」巴比卡納回答，「一顆直徑一百零八英寸，厚度十二英寸[5]的炮彈，假如是用鑄鐵製成的，重量是六萬七千四百四十磅；若是鋁製的，那麼重量會減少成一萬九千兩百五十磅。」

「好極了！」馬斯通大聲說，「這恰恰符合我們計畫的要求。」

「好極了！好極了！」參謀反嗆，「可是，你們難道不知道一磅九美元，這顆炮彈將會要價……」

5 在美式的度量衡中，一英寸等於二十五毫米。十二英寸即是三十公分。（原文註）

「十七萬三千二百五十美元，我很清楚；不過，朋友們，別擔心，我向你們保證，我們的事業不會缺錢的。」

「錢會像下雨一樣，落到我們的收銀箱裡。」馬斯通回答。

「那麼，你們對鋁製炮彈的看法如何？」主席詢問。

「決定採用。」委員會的三位成員一致回答。

「至於炮彈的形狀，」巴比卡納接著說，「這並不重要，因爲炮彈一穿過大氣層，就處於眞空中，所以，我建議做一顆圓形炮彈，它將可以自轉，假如它高興的話，也可以隨心所欲地旋轉。」

執行委員會的第一次會議就這樣結束了。炮彈的問題已經明確解決了。馬斯通想到要送一顆鋁製炮彈給月球人，就顯得欣喜萬分，「這會讓他們知道地球上的居民多麼有膽識！」

第八章　大炮討論會的始末

這次炮彈會議做成的決議在外界產生很大的迴響。膽小的群眾一想起要發射一顆重達兩萬磅的炮彈穿越太空，就有些驚慌。大家彼此詢問著，什麼樣的大炮能夠傳導給如此沉重的物體足夠的初速。執行委員會的第二次會議紀錄應該要能成功回答這些問題。

第二天晚上，大炮俱樂部的四位成員又坐在桌邊，面前重新擺滿成堆的三明治和簡直有如汪洋一片的茶水。討論隨即繼續進行，這次省略了開場白，直接切入主題。

「親愛的同事們，」巴比卡納說，「我們將要討論的是待建造的大炮，它的長度、形狀、構成成分以及它的重量。我們很可能會給它一個極龐大的體積；但是，不管遇上的困難有多大，我們的工業才能都將輕易克服。所以，請大家聽我說，並且儘量當面對我提出不同意見。我是不會害怕的！」

迎接這個聲明的是一陣贊同的低語。

「別忘了，」巴比卡納接著說，「我們昨天討論到什麼地方了；現在，問題是以如下的形式來呈現：我們要如何賦予直徑一百零八英寸，重量兩萬磅的炮彈，每秒一萬兩千碼的初速。」

「的確，這正是問題所在。」參謀艾爾費斯頓回答。

「我繼續，」巴比卡納又接著說，「當炮彈被發射到空中時，會發生什麼事？它受到三股各自獨立的力量的影響：當時的環境阻力、地球的引力以及使它動起來的推進力。讓我們來審視這三種力量。環境阻力，也就是空氣的阻力，它的重要性不大。事實上，地球的大氣層只有四十英里的厚度。速度每秒一萬兩千碼的炮彈五秒鐘就可以穿過，時間相當短促，足以讓我們認爲環境阻力是微不足道的。那麼來談談地球的引力，也就是炮彈的重量。我們知道重量將會以與距離平方成反比的方式遞減。實際來看，物理學是這樣告訴我們的：當一個自由落體掉到地球表面時，它第一秒的下降速度是十五英尺[1]，假使同一個物體被送到二十五萬七千一百四十二英里的高空，也就是到達月球所在的距離，它第一秒的下降速度將會減爲大約半法分[2]。這幾乎是靜止不動。因此，此時所面對的問題是逐步地克服重力作用。我們要如何辦到呢？藉由大炮發射時的推進力。」

「困難就在這裡。」參謀回答。

「的確，困難就在這裡，」主席接著說，「但是我們將會戰勝它，因爲我們必定需要的這股推進力，是發射器長度和火藥使用量兩相配合的結果，而火藥用量只受到發射器對衝擊的抗力所限制。因此，今天我們就來討論大炮的體積。當然，我們建造大炮時，能賦予它的抗力可以是無限的，因爲它不會被搬動。」

「這全都相當明顯。」將軍回答。

「到目前爲止，最長的大炮是我們的巨型哥倫比亞，它的長度不超過二十五英尺。所以，我們不得不採用的大炮體積將會使許多人大爲吃驚。」

「哈！這是當然的，」馬斯通高聲說。「至於我嘛，我要求一個至少半英里長的大炮！」

「半英里！」參謀和將軍都叫了起來。

「沒錯！半英里，而且它就是再長一半，也還是太短了。」

「得了吧，馬斯通，」摩爾岡回答，「你太誇張了。」

「不！」性急的祕書立刻反擊道，「我實在不知道爲什麼你會指責我誇張。」

「因爲你跑太遠了！」

1 亦即第一秒的速度是四公尺九十公分；到了月球所在的距離，掉落的速度將只剩下一又三分之一毫米或者五百九十法分毫米。（原文註）

2 法國古長度單位，約等於二・二五毫米。

「你要知道，先生，」馬斯通擺出一副高傲的神情回答，「要知道，一個大炮發明家就像一顆炮彈一樣，從來都不會跑得太遠！」

討論會正在轉變成人身攻擊，但這時候主席介入了。

「朋友們，冷靜點。我們來思考一下；一個炮身很長的大炮顯然是必要的，因爲較長的炮身可以使聚積在炮彈下方的氣體更加膨脹，不過，也用不著超越一定的限度。」

「完全正確。」參謀說。

「在這個情況下，現行常用的規則是什麼呢？一般說來，大炮的長度是炮彈直徑的二十至二十五倍，它的重量是炮彈的二百三十五至二百四十倍。」

「這是不夠的。」馬斯通衝動地喊道。

「我同意，高貴的朋友，而且，事實上，依照這個比值來計算，以一個直徑九英尺，重兩萬

馬斯通理想中的大炮

磅的炮彈來說，它的發射器的長度將只有二百二十五英尺，重量也只要七百二十萬磅即可。」

「這太可笑了，」馬斯通又發聲了，「倒不如用手槍！」

「我也是這麼想，」巴比卡納回答，「正因爲這個緣故，我才打算把這個長度擴增到原來的四倍，建造一座九百英尺長的大炮。」

將軍和參謀幾次提出異議，但是，這個大炮俱樂部祕書強烈支持的提案，最後仍然被正式採納了。

「現在，」艾爾費斯頓說，「大炮內壁的厚度該是多少呢？」

「六英尺。」巴比卡納回答。

「您大概不會想要把這樣巨大的物體立在炮架上吧？」參謀問。

「這倒是個極好的主意！」馬斯通說。

「可是，難以實行，」巴比卡納回答。「不，我考慮要把這個發射器直接鑄造在土地裡，外部用鍛鐵環束緊，最後，再用石頭和石灰砌成的厚實臺基把它圍住，這樣一來，周圍土地對衝擊的抗力就會成爲大炮抗力的一部分。炮管一經鑄造完成，炮膛立即會被仔細地削切和校準，以避免產生炮彈游隙[3]；因此，不會有任何氣體漏失的情況，而所有的火藥膨脹

---

3 偶爾存在於炮彈和炮膛之間的空隙。（原文註）

力都將轉化成推進力。」

「烏拉！烏拉！」馬斯通一連喊了兩聲，「我們的大炮製造成功了。」

「還沒有呢！」巴比卡納比出手勢，要他那缺乏耐心的朋友冷靜一下。

「爲什麼？」

「因爲我們還沒有討論大炮的形狀。它將是一座加農炮、榴彈炮或者迫擊炮呢？」

「加農炮。」摩爾岡立刻回答。

「榴彈炮。」參謀馬上反駁。

「迫擊炮！」馬斯通嚷道。

另一場相當激烈的爭論眼看就要展開，每個人都竭力推薦他們偏愛的武器，這時候，主席一下子就跳出來止住風波。

「朋友們，」他說，「我來協調大家的意見。我們的哥倫比亞大炮將同時具有這三種大炮的特性。這是加農炮，因爲它的火藥膛與炮膛的半徑大小相同；這是榴彈炮，因爲它發射的是一顆榴彈；最後，這也是一座迫擊炮，因爲它從九十度角瞄準，而且，它被穩穩地固定在地上，沒有後退的可能，所以它將可以把聚積在炮腔兩側的推動力道全都傳送到炮彈上。」

「採用，採用。」執行委員們一起回答。

「還有一個簡單的想法，」艾爾費斯頓說，「這尊加農－榴彈－迫擊炮會有螺旋膛線嗎？」

「不，」巴比卡納回答，「沒有必要。我們需要的初速極大，而你們相當清楚有螺旋膛線的大炮，炮彈離開炮口的速度比炮膛平滑的大炮來得慢。」

「十分正確。」

「這回我們的大炮總算成功了！」馬斯通又重複一次。

「還不完全算。」主席回答。

「爲什麼？」

「因爲我們還不知道要用哪一種金屬來製造。」

「那就趕快決定吧！」

「我正想向你們提議。」

委員會的四位會員各自吃下一打的三明治，接著又喝下一碗茶，才重新開始討論。

「正直的同事們，」巴比卡納說，「我們的大炮必須要韌性強，硬度大，遇熱不熔化，而且在酸性物質的腐蝕作用下既不溶解也不氧化。」

「在這方面沒有疑問，」參謀回答，「因爲我們需要使用的金屬量極大，所以在選擇上不會有太大的困難。」

「那好！」摩爾岡說，「我建議用目前爲止公認最好的合金來鑄造哥倫比亞，也就是用一百份紅銅、十二份錫和六份黃銅製成的合金。」

「朋友們，」主席回答，「我承認使用這種成分的合金曾經產生出絕佳的成果，可是，以我們的情況來說，它的價格太高，而且使用起來非常困難。因此我認爲必須採用一種材質極佳，價格又低廉的金屬，例如鑄鐵。這不正是你的看法嗎，參謀？」

「確實如此。」艾爾費斯頓回答。

「事實上，」巴比卡納接著又說，「鑄鐵比銅便宜十倍，它易於熔化，只要澆灌在砂模裡就能成形，操作起來不費時，所以既省錢又省時。況且，這種材料質地很好，我記得在大戰期間，圍攻亞特蘭大時，每座鑄鐵大炮每隔二十分鐘就發射一千枚炮彈，但炮身並沒有因此損壞。」

「不過，鑄鐵很脆，容易斷。」摩爾岡回答。

「對，可是它的抗力也很強，此外，我向你們保證，我們的大炮是不會爆炸的。」

「人可以怒火大爆發[4]，同時又坦然不造假。」馬斯通帶著說教式的口吻辯駁。

「那是當然的，」巴比卡納回答。「我因此想請我們高貴的祕書計算一下，一座長九百英尺，內部直徑九英尺，管壁厚六英尺的鑄鐵大炮的重量。」

「稍待片刻。」馬斯通回答。

接著他就像前一晚一樣，以令人稱奇的熟練方式，一行一行羅列他的公式，過了一分鐘之後，他說：

「這樣的大炮的重量將是六萬八千零四十公噸（合六千八百零四萬公斤）。」

「以每磅兩分來計算，總價是……？」

「二百五十一萬又七百零一美元。」

馬斯通、參謀和將軍都憂心忡忡地看著巴比卡納。

「好啦！諸位先生們，」主席說，「我要再向你們重複一次我昨天說的話，請你們放心，我們不會缺少幾百萬美元的！」

執行委員會聽了主席的保證，並且把第三次會議延到隔天以後，就散會了。

---

4 在法文中，大炮爆炸和人發怒是同一個字。巴比卡納暗示馬斯通設計的大炮曾經爆炸，馬斯通因此試著用人發怒來為自己打圓場。

第九章　關於火藥的問題

剩下的就是討論火藥問題了。大眾都在焦急地等待著這個最後的決定。炮彈的大小、大炮的長短都已經有定案，那麼，需要多少份量的火藥來產生推進力呢？這種可怕、但效應已經被人類掌控的物質，將要以不尋常的驚人數量扮演著重要的角色。

火藥在十四世紀由僧侶史瓦茲發明，他還爲了這項偉大的發明付出性命，這是一般人都曉得且津津樂道的常識。可是，現在差不多已經證實，這則故事應該被列入中世紀的傳說。火藥並非哪個人發明的，它是直接從希臘火硝[1]衍生而來，也和希臘火硝一樣，是用硫磺和硝石混合組成。不過，自那時起，這種原本只是做爲引信用的混合物，就轉變成了爆炸用物。

但是，即使博學者對這個火藥的虛構故事瞭若指掌，卻很少人體會到火藥在力學上所展現的強度，然而，我們正是必須明白這件事，才能了解這個交付給委員會討論的問題有多麼重要。

一公升的火藥重約二磅，即九百克[2]，它燃燒時會產生四百公升的氣體，這些氣體在二千四百度高溫的作用下釋出後，能佔據四千公升的空間。火藥的體積和火藥燃燒所產生的氣體體積之間的比值，是一比四千。當這樣的氣體被壓縮在四千分之一狹窄的空間裡，我們可以想見它的推進力會有多可怕。

這些問題，執行委員會成員在第二天開會討論時，早已非常清楚了。巴比卡納請參謀艾爾費斯頓發言，此人在戰爭期間，曾經是火藥部門的執行長。

僧侶史瓦茲發明火藥

1 希臘火硝是東羅馬拜占庭帝國時期用來攻擊海上船艦的武器，也被西歐的十字軍稱為希臘火。

2 在美國，一磅等於四百五十三克。（原文註）

「親愛的夥伴們，」這位傑出的化學家說，「我要從幾個不容否認的數字講起，這些數字將做爲我們待會兒討論的基礎。炮彈二十四，也就是可敬的馬斯通在前天用那麼富詩意的詞語向我們提起的炮彈，當年把它從大炮裡射出時，只用了十六磅的火藥。」

「你確定是這個數字嗎？」巴比卡納問。

「絕對確定，」參謀回答，「安姆史卓大炮才使用七十五磅火藥來發射八百磅的炮彈，羅德曼的哥倫比亞大炮也只花掉一百六十磅的火藥，就把半噸重的炮彈推送到六英里遠的地方。這些都是無可置疑的事實，因爲是我本人把它們記錄到大炮委員會的會議報告書裡的。」

「正是如此。」將軍回答。

「好的！」參謀接著說，「我們從這些數字可以得出結論，那就是火藥的數量不會隨著炮彈的重量增加。事實上，假如一顆二十四磅的炮彈必須要十六磅的火藥；換句話說，假如在一般普通的大炮裡，我們使用相當於炮彈重量三分之二的火藥，這並不代表這個比例是固定不變的。請計算一下，你們就會發現，對於一顆半噸重的炮彈來說，需要的火藥量並非三百三十三磅，而是減少成只要一百六十磅。」

「你到底想說什麼呢？」主席問。

「親愛的參謀大人，如果把你的理論推演到極致，」馬斯通說，「你會達到這麼一個境界，就是當你的炮彈重量足夠的時候，你根本不需要再放火藥了。」

「我的朋友馬斯通連在這麼嚴肅的事情上，也愛開玩笑，」參謀駁斥道，「但是，請他放心，我很快就會建議一個火藥使用量，這個量足以滿足大炮發明家的自尊心。只不過，我想特別指出，在戰爭期間，經過實驗以後，體積最大的大炮所需的火藥重量曾經縮減至炮彈重量的十分之一。」

「這再準確不過了，」摩爾岡說，「可是，在決定推動力所必須的火藥數量之前，我認爲最好能先了解一下我們將使用的火藥的性質。」

「我們將用大顆粒的火藥，」參謀回答，「它爆燃的速度比粉末狀的火藥快。」

「毫無疑問，」摩爾岡反駁道，「但是，顆粒狀火藥的爆裂性很強，到頭來反而會損壞炮膛。」

「好！這對一座要長期使用的大炮而言，是不利的東西，對我們的哥倫比亞大炮卻沒有妨礙。我們不會有任何爆炸的危險，火藥必須能瞬間燃燒，好讓力學的效果完全發揮。」

「我們可以多鑽幾個火門，」馬斯通說，「這樣就能在不同的地方同時點火。」

「完全沒錯，」艾爾費斯頓回答，「可是，這種做法將會使操作更加困難。我因此要再提我的大顆粒火藥，它可以消除這方面的困難。」

「好吧，就用這種火藥。」將軍回答。

「羅德曼用來裝塡他的哥倫比亞大炮的，」參謀又接著說，「是顆粒如栗子那樣大的火藥，只不過是放在鑄爐裡烘烤過的柳炭。這種火藥質地堅硬又閃閃發亮，拿在手上不會留下任何屑末，含有大量的氫氧成分，能瞬間爆燃，而且，雖然極具爆裂性，對大炮造成的損壞卻微乎其微。」

「那好！」馬斯通回答，「我認爲不必再猶豫，我們的選擇已經確定了。」

「除非你偏愛金火藥[3]，」參謀笑著回答，這番話惹來他那敏感易怒的朋友伸出鐵鉤手威脅。

一直到這時候，巴比卡納始終沒有加入討論。他讓大家發言，自己在一旁聆聽。他顯然已經有了主張。因此他只簡單地說：

「朋友們，現在你們建議用多少份量的火藥呢？」

三位大炮俱樂部的成員互相對望了一會兒。

「二十萬磅。」摩爾岡終於開口說。

「五十萬磅。」參謀回答。

「八十萬磅！」馬斯通高喊道。

這回，艾爾費斯頓沒敢再責備他的同事誇張了，的確，這次涉及的是要發送一顆重達兩萬磅的炮彈到月球，而且要使炮彈的初速達到每秒一萬兩千碼。三位同事提出三個建議以後，隨之而來的是一陣寂靜。

最後主席巴比卡納打破沉默。

「正直的夥伴們，」他以平靜的聲調說，「我曾提到我們在既定的條件下建造的大炮，其抗力是沒有限度的，從這個原則出發，我要說一句讓可敬的馬斯通吃驚的話，他的計算太膽怯了。我建議把八十萬磅的火藥加倍。」

「一百六十萬磅？」馬斯通從椅子上跳起來說。

「正是這個數字。」

「可是，這樣一來，就必須採用我那半英里長的大炮了。」

「顯然如此。」參謀說。

「一百六十萬磅的火藥，」這位執行委員會的祕書接著說，「這大概會佔據兩萬二千立方英尺[4]的空間。可是，你的大炮只有五萬四千立方英尺[5]的容量，所以，大炮一半的空間將會被火藥填滿，那麼要使膨脹的氣體給予炮彈足夠的推進力，炮膛就太短了。」

---

3 應是取自希臘神話中的「金羊毛」，這裡用來指現實世界裡不存在的東西（就如同金羊毛只存在於神話中）。

4 稍微少於八百立方公尺。（原文註）

5 相當於二千立方公尺。（原文註）

沒有什麼好回答的，馬斯通說的是實話。大家都看著巴比卡納。

「可是，我堅持這個數量的火藥，」主席說，「請你們想一想，一百六十萬磅的火藥將產生出六十億公升的氣體。六十億！你們聽清楚了嗎？」

「但是該怎麼做呢？」將軍問。

「很簡單，必須壓縮這個巨量的火藥，並且同時保有它的力學威力。」

「好！不過，用什麼方法？」

「我就來跟你們談談這個問題。」巴比卡納簡單地回答。

和他對話的這些人都盯著他看，彷彿想把他吞下去似的。

「事實上，」他接著說，「沒有什麼比將體積縮減到四分之一更容易的了。你們都知道那種構成植物基本組織的奇特物質，大家給它取名叫纖維素。」

「啊！」參謀說，「親愛的巴比卡納，我懂你的意思了。」

「我們可以從各種不同的物體中，」主席說，「特別是從棉花裡，得出這種物質的絕對精純狀態，而棉花只不過就是棉籽的絨毛。然而，把棉花浸泡在硝酸中，不用加熱合成，它就會轉化為一種在可燃性、不易溶解性，和爆炸性方面都非常卓越的物質。幾年前，也就是在一八三二年，法國的化學家布拉克諾發現了這種物質，把它稱作克西洛依丁。一八三八年時，另一位法國人研究出它的多種屬性，最後，一位居住在瑞士巴塞爾的化學教授修貝因，在一八四六年建議拿它來製作戰爭的火藥。這種火藥就是硝化棉……」

「又名低氮硝化纖維素，」艾爾費斯頓回答。

「或稱作火棉。」摩爾岡不甘示弱地說。

「在這些發明家中，難道就沒有一個美國人的名字嗎？」馬斯通在一股強烈的國家自尊情感牽動之下，高聲地說。

「可惜，一個也沒有。」參謀回答。

「不過，爲了讓馬斯通滿意，」主席又接著說，「我要向他說，我們有一位同胞的工作與纖維素的研究有關，因爲攝影技術的主要材料之一，火棉膠，也只不過是把低氮硝化纖維素溶解在添加酒精的乙醚中而已，而這是美納爾發現的，他當時還是波士頓醫學院的學生。」

「好啊！烏拉，美納爾，烏拉，火棉！」愛喧鬧的大炮俱樂部祕書喊道。

「我再回頭來談低氮硝化纖維素，」巴比卡納接著說，「你們都知道這種物質的特性，這些特性使得它對我們而言非常珍貴：它製造起來非常方便，將棉花放入冒煙的硝酸中[6]浸

---

6 因為硝酸在接觸到潮濕的空氣時，會冒出大量近白色的濃煙，故稱之為「冒煙的硝酸」。（原文註）

泡十五分鐘，然後用清水沖洗，再弄乾，就完成了。」

「的確，沒有比這更簡單的了。」摩爾岡說。

「此外，低氮硝化纖維素遇到潮濕也不會變質，這在我們眼裡，是相當可貴的優點，因爲裝填大炮需要好幾天的時間。它的燃點不是兩百四十度，而是一百七十度，而且它能快速爆燃，我們可以在普通的火藥上點燃它，前者都還沒來得及著火，它就已經爆燃了。」

「好極了。」參謀回答。

「唯獨一點，它的價錢較貴。」

「那有什麼關係呢！」馬斯通說。

「最後，它傳送給炮彈的速度比一般的火藥大四倍。我還要再補充一點，假如我們再摻入它原本重量十分之八的硝酸鉀，它的膨脹威力還會更大幅提升。」

「必須這麼做嗎？」參謀問。

「我認爲沒有必要，」巴比卡納回答，「所以，我們只要用四十萬磅的火棉，就可以代替原本一百六十萬磅的火藥。而且我們可以毫無危險地把五百磅的棉花壓縮進二十七立方英尺的空間裡，這種物質在哥倫比亞大炮裡就只佔了三十托瓦茲的高度。如此一來，炮彈在朝那黑夜的星體飛去之前，將會在六十億公升氣體的推進下，穿過七百英尺以上的炮膛！」

到了這個時候，馬斯通再也無法克制自己的情感，他像一顆炮彈一樣，猛烈地投入朋友的懷抱，要不是巴比卡納天生有個抵抗炮彈衝撞的好體魄，馬斯通一定會在他身上捅破一個大洞。

執行委員會的第三次會議就在這個小插曲之後結束。巴比卡納和他那幾位認爲天下無難事的大膽同事解決了炮彈、大炮和火藥那麼複雜的問題，他們的計畫已經定好，就只剩下執行了。

「這不過是雞毛蒜皮的簡單小事。」馬斯通說。

讀者留意：在這次討論中，巴比卡納主席宣稱火棉膠由他的一位同胞發明。這並非事實，儘管此說會令正直的馬斯通不高興，但這個錯誤源自於兩個人的姓名雷同。一八四七年時，波士頓醫學院的學生美納爾（Maynard）確實有把火棉膠運用在治療傷口的想法，但是，火棉膠早在一八四六年就爲世人所知。這份偉大發現的榮耀應歸於一位法國人，他擁有非常卓越的才智，既是科學家，也是畫家、詩人、哲學家、研究古希臘的學者，以及化學家，他是路易·梅納爾（Louis Ménard）。

——儒勒·凡爾納註

第十章　二千五百萬個朋友與一個敵人

美國民眾對大炮俱樂部的計畫抱有濃烈的興趣，即使是最微小的細節都不放過，他們天天留意著執行委員會的討論。有關這個偉大實驗裡最簡單的準備工作、計畫所提出的數字問題、待解決的機械學困難，總之，一切關於計畫進行的事情，都會引發民眾極大的熱情。

從工程開始到實驗完成，會經過一年多的時間，可是在這段時間裡，絕對不會缺少激動人心的事件。選擇鑿炮筒的地點、建造鑄模、鑄造哥倫比亞大炮、充滿危險的火藥裝填工作，樣樣都會激起公眾非比尋常的好奇心。炮彈一發射後，在十分之幾秒以內就會脫離人們的視線；接著，它如何變化，它在太空中如何運行，會以何種方式抵達月球，這些將只有少數幾位具有特權的人才能親眼看見。因此，實驗的準備與執行計畫時的確切細節，就成爲民眾眞正感興趣的主題。

可是，眾人對這項計畫裡純科學方面的興致，卻由於一樁意外插曲，而突然加倍暢旺起來。

我們知道巴比卡納的計畫使得身爲發起人的他贏來了成群的欽佩者和朋友。然而，不管大多數人是如何感到光榮，人數又是如何眾多，終究不會包括所有人。在整個合眾國裡只有一個人，單單一個人，反對大炮俱樂部的試驗。這個人每遇到機會，就強烈抨擊這項計畫。而因人類天性使然，巴比卡納對這個單獨的反對聲音比對所有其他人的鼓掌叫好聲更加敏感。

他相當清楚這股對立情緒的動機，他知道這孤獨的敵意的源頭，這由來已久的私人怨懟的原因，以及，他也了解這是從什麼樣的自尊心競爭中所產生的。

這個鍥而不捨的敵人，大炮俱樂部的主席從未當面見過。幸好如此，因爲這兩人若會面，一定會引起不愉快的後果。巴比卡納的這位對手和他一樣是科學家，此人性格高傲，膽量大，堅

尼修勒船長

定有自信，脾氣暴躁，是一個不折不扣的美國佬。大家叫他尼修勒船長。他住在費城。

在南北戰爭時期，人人都知道，炮彈和裝甲船艦的鋼板之間有著奇怪的對抗。前者建造的目的是用來打穿後者；而後者則決意不讓前者打穿。新舊大陸上各個國家的海軍都由於這場對立而得以徹底改造重建。炮彈和裝甲鋼板相互鬥爭的激烈程度可以說是史無前例，如果一方擴大體積，另一方馬上會依照一定的比例不斷增加厚度。那些裝置了巨型大炮的船艦，藉著堅不可破的鋼甲防護，行駛於戰火連天的海上。軍艦美里馬克號、莫尼托爾號、哈姆泰內斯號、維寇森號[1]，在裝上了抵禦船艦攻擊的鋼甲以後，也發射巨大的炮彈來攻擊其他船隻。他們不願意別人對他們做某事，卻又拿這件事來對待別人，一切的戰爭技巧都是依據這項不道德的原則建立起來的。

而如果說巴比卡納是一個偉大的鑄大炮專家，那麼，尼修勒便是偉大的裝甲鋼板鍛造師。一位在巴爾的摩日夜鑄造大炮，另一位在費城日夜鍛造裝甲鋼板。兩個人的思考路徑基本上完全相反。

巴比卡納一發明出新型炮彈，尼修勒緊接著就會發明一種新式鋼板。大炮俱樂部的主席把一生的時間都花在如何穿孔上，而尼修勒船長則用同等的心力來阻止穿孔。這種時時刻刻的競爭最終演變成人身對立。尼修勒化成一塊刀槍不入的鋼板出現在巴比卡納的夢裡，把衝過去的自己撞得粉碎；而在尼修勒的夢中，巴比卡納就像是一顆貫穿他的炮彈。

然而，雖然這兩位科學家依循著分歧的路線各自發展，而所有的幾何學公理始終存在，他們終究還是有可能相遇，不過，兩人屆時見面的地點大概是決鬥場了。還好，有五、六十英里的距離把他們隔開，這對兩位爲國貢獻的公民來說，可算是非常幸運，而且他們的朋友還在沿路上設滿障礙，好讓兩人永遠不會相見。

現在，這兩位發明家中，哪一位會勝過對方呢？大家都不太清楚。從雙方已經獲得的成果上，很難有公允的判斷。不過，總歸來說，鋼板似乎終會向炮彈讓步。

不論如何，有能力當裁判的人對此仍心存懷疑。在最後幾次實驗裡，巴比卡納的幾顆圓錐炮彈都像大頭針一樣插在尼修勒的鋼板上。那天，這位費城的鋼板鍛造師認爲自己已經獲勝了，對他的敵手也就不再抱持過於強烈的輕蔑。可是，當這位對手後來用六百磅的普通榴彈代替錐形炮彈時，尼修勒船長不得不改變自己的樂觀想法。的確，這種炮彈，儘管速度不快[2]，卻能把用最好金屬所製成的鋼板擊破、鑿穿，炸得鋼片四處噴飛。

事情發展到此，勝利似乎應該歸屬於炮彈了，然而，就在戰爭結束的當天，尼修勒完成了一種新型的鍛鑄鋼甲！這是裝甲中的傑作，可以向世界上所有的炮彈挑戰。船長派人把鋼

---

1 這些都是美國海軍的戰艦。（原文）

2 這種炮彈使用的火藥重量只有榴彈重量的十二分之一。（原文註）

甲運到華盛頓的試炮場，想挑動大炮俱樂部的主席來擊碎它。可是和平既然已經簽定了，巴比卡納不願意再進行試驗。

這時，憤怒的尼修勒表示願意讓他的鋼甲接受任何最奇特炮彈的射擊，不論實心彈、空心彈、圓形或錐形都可以。俱樂部主席拒絕了，他顯然不想損害他最後的成功。

尼修勒被這種卑劣到無法形容的頑固態度激惱了，他把全部有利的機會都讓給巴比卡納，想藉此引誘對方。尼修勒建議把他的鋼板放置在離大炮二百碼的地方。巴比卡納仍舊固執地拒絕了。一百碼呢？已經六十碼了，答案還是不。

「那麼，五十碼，」船長透過報紙喧嚷道，「二十五碼，而且我還會站在鋼板後面！」

巴比卡納讓人轉告他，就算尼修勒船長站到鋼板前面，他也不會再射擊炮彈。

聽到這樣的答覆，尼修勒再也無法克制自己，他轉而做人身攻擊，他暗示說巴比卡納的回答與怯懦的個性密不可分，說拒絕打一發炮彈的那個人很有可能是害怕了。總而言之，這些在六英里之外戰鬥[3]的大炮發明家已經小心翼翼地拿起數學公式來代替個人勇氣了。此外，能站在裝甲鋼板後面靜靜等待炮彈的人，和使用各種技術規則來發射炮彈的人一樣英勇無畏。

對於這些影射，巴比卡納一概不回答。也許他根本沒有留意到那些話，因爲當時他正全心專注在他那偉大計畫的演算中。

當巴比卡納在大炮俱樂部做了那場著名的報告之後，尼修勒船長的憤怒就衝上了頂點。這股怒氣裡混雜著極端的嫉妒與完全無能爲力的感覺！如何發明出一個比九百英尺長的哥倫比亞大炮更好的東西呢！有哪種鋼甲能抵擋得了一顆二萬磅重的炮彈呢！尼修勒在「這一發炮彈」的重擊之下，先是感到震驚、頹喪、精疲力竭，然後他重新站了起來，決心用他的大量論據來壓垮這個計畫。

尼修勒船長發表了許多信

他因此非常強烈地抨擊大炮俱樂部的工作。他發表了許多封信，報紙也沒有拒絕轉載。他試著從科學的角度來破壞巴比卡納的工作。戰鬥一旦展開，尼修勒就搬出各式各樣的理由

3 參見第七章，摩爾岡將軍提到當時威力最強的大炮是羅德曼的哥倫比亞大炮，其射程為六英里。

來支持他的論點，但老實說，那些理由往往似是而非，又不夠充分。

一開始，受到猛烈攻擊的是巴比卡納舉出的數字。尼修勒試圖用A＋B來證明算式錯誤，他指控巴比卡納不懂彈道學的基礎原理。撇開別的錯誤不談，根據尼修勒的計算，絕對不可能使任何物體的速度達到每秒一萬二千碼，他手裡拿著代數的計算，十分肯定地說，即使以這個速度，一顆這麼沉重的炮彈永遠也無法跨越地球大氣層邊緣！它就連八法里也走不到！更往前推，假定這個速度是可以達成的，而且也認定是足夠快的，炮彈仍抵抗不了一萬六千磅火藥燃燒時所產生的氣體壓力，就算炮彈耐得住這個壓力，它無論如何都無法承受這樣的高溫，炮彈離開哥倫比亞大炮的炮口時，早就融化成了滾燙的鐵漿，有如雨滴般落在愣頭愣腦的觀眾頭上。

巴比卡納讀了這些攻擊，眉頭也不皺一下，就繼續他的工作去了。

尼修勒於是從問題的其他面向下手，他認為這個計畫從所有觀點來看都毫無用處，但除此之外，他特別提到，這個實驗極其危險，不論對於那些以出席來認可這個該受譴責的發射過程的公民，還是對於這座可悲大炮鄰近的城市來說都一樣。他同時提醒大家，假如炮彈沒有到達它的目的地（它是絕對不可能到達的），那麼，它當然會再掉落到地球上，這樣沉重的物體，再乘上相當於速度平方的加速度，其所產生的墜落力道將會對地球上的某個地點造成極大的破壞。所以，在這種情況下，並且在不侵犯自由公民的權益的範圍內，政府應該介入干涉。不能爲了單獨一人的意願，讓所有人的安全受到威脅。

我們可以看出，尼修勒船長將事情誇張到何種程度。他是唯一有這種看法的人。所以，沒有人在乎他那些不祥的預言。既然他喜歡這麼做，大家就讓他盡情地呼喊，直到聲嘶力竭。他讓自己爲那早已敗訴了的案子做辯護，人們聽他發言，卻不把他的話聽進去，而大炮俱樂部主席的崇拜者，他一個也沒能拉走，更何況，巴比卡納根本不想花力氣去反駁他對手的論點。

尼修勒陷在他最後的防禦工事中走投無路，既然付出個人的精力無法打贏這場官司，他決心付出金錢。於是他在里奇蒙的《調查者報》上公開向巴比卡納提議一連串的賭注，現在將賭注的內容依照下注金額，由小到大列於下方。

他賭的是：

大炮俱樂部無法籌足實驗所需要的資金，若是輸了願付：一千美元

鑄造一座長九百碼的大炮的計畫不可能實行，也不會成功，若是輸了願付：二千美元

將無法在哥倫比亞大炮內裝塡火藥，而且低氮硝化纖維素在炮彈的壓力下，將會自行著火，若是輸了願付：三千美元

哥倫比亞大炮第一次發射就會爆炸，若是輸了願付：四千美元

炮彈不會飛出六英里以外，而且發射以後幾秒鐘內就會墜落，若是輸了願付：五千美元

看得出來，這筆款項數目不小，正是因爲那無法克制的固執心態，才使船長甘於冒這個險，賭注金額總共不下一萬五千美元[4]。

儘管賭注很大，船長還是在五月十九日收到一封蓋了封口印的信函，信上寫著非常簡短的幾個字：

接受。

巴爾的摩，十月十八日。

巴比卡納。

---

4 合八萬一千三百法郎。（原文註）

第十一章　佛羅里達與德克薩斯

還有一個問題待解決：必須選擇一個適合進行實驗的地方。根據劍橋天文臺的建議，炮彈發射的方向應該與地平面垂直，也就是應該要朝天頂射擊；可是，月球只有在位於南北緯零到二十八度之間的地區，才會上升到天頂。換句話說，月球的赤緯只有二十八度[1]。因此，必須在地球上精準地決定一個地點，來鑄造巨型的哥倫比亞大炮。

十月二十日，大炮俱樂部召開全體會員大會，巴比卡納帶來了一幅齊·貝勒卓普繪製的漂亮美國地圖。不過，他還沒來得及攤開地圖，馬斯通就以他慣有的急躁態度要求發言，並且逕自開口：

「可敬的同事們，今天要探討的問題，對我們國家有十足的重要性，它將是一個讓我們用偉大的行動來表示愛國心的機會。」

1 一個星體的赤緯是它在天球上的緯度；星體的赤經是它在天球上的經度。（作者註）

大炮俱樂部的會員相互對望，不了解這位演講者想要說什麼。

「你們之中，」他接著說，「沒有任何人會有損害國家光榮的念頭，假如合眾國可以要求一項權利，那麼它會要求把大炮俱樂部這座了不起的大炮保留在自己的腰側。然而，在目前的情況裡……」

「正直的馬斯通……」主席說。

「請允許我說明我的想法，」演說者接著說，「在目前的情況裡，爲了讓實驗能在良好的條件下進行，我們不得不選擇一個距離赤道相當近的地方……」

「可以請你……」巴比卡納說。

「我要求有發表意見的自由，」激奮的馬斯通立即抗議，「而且我主張發射我們這顆光榮炮彈的地區必須屬於合眾國。」

「那當然！」有幾個會員回應道。

「好！既然我們的國境不夠廣闊，既然海洋在南方給我們立起一道無法跨越的障礙，既然我們必須到美國以外的地方，到交界的鄰國去尋找這條二十八度緯線，這正是一個合法的開戰理由，我要求向墨西哥宣戰！」

「不，不！」到處都有人在喊。

「不！」馬斯通反駁，「在這個場所居然聽到這樣的反應，眞讓我感到驚訝！」

「可是請聽我說！……」

「絕不！絕不！」激昂的演說者高聲叫喊，「這場戰爭遲早都會發生，我要求今天就開打。」

「馬斯通，」巴比卡納一面讓他的響鈴發出刺耳的爆炸聲，一面說：「我取消你的發言權！」

馬斯通想反駁，但是他的幾個同事總算讓他忍住沒有說話。

「我同意我們的實驗只能夠，而且也只應該在合眾國的土地上進行，」巴比卡納說，「假如我這位著急的朋友能讓我說話，假如他朝地圖上看一眼，他就會知道根本用不著向我們的鄰居宣戰，因為美國的某些邊境地區已經向南延伸超過了緯度二十八度線。請各位看看，德克薩斯州和佛羅里達州的整個南部都可以任由我們支配。」

這段小事故就到此結束。馬斯通雖是被說服了，不過他心中仍舊不無遺憾。而大會也因此決定將在德克薩斯州或佛羅里達州的境內鑄造哥倫比亞大炮。可是這項決議必定會在這兩州的許多城市之間掀起史無前例的競爭。

北緯二十八度線在遇到美國海岸之後，穿越佛羅里達半島，將半島切為面積幾乎相等的兩部分。接著，這條緯線投入墨西哥灣，變成由阿拉巴馬、密西西比，與路易斯安那三州的海岸所形成的弓型海灣的弓弦。然後，緯線碰觸到德克薩斯州，切出一塊三角地帶，又穿過墨西哥領土繼續延伸，越過索諾拉河，跨過老加利福尼亞，然後沒入太平洋的幾個海域裡。所以，只有德克薩斯州和佛羅里達州的一部分是位在這條緯線的下方，也只有這兩處符合劍橋天文臺建議的緯度條件。

佛羅里達州的南部沒有重要的大城。在那兒，只矗立著幾座爲了防禦居無定所的印地安人而建造的堡壘。唯獨一個城市——坦帕城，因爲位置適宜，可以提出申請，並且有權成爲候選地點。

在德克薩斯州，情況則恰好相反，這兒的城市比較多也較具重要性，努埃塞斯縣的聖體市，以及許多位於布拉沃河沿岸的城市，例如樂維布郡的拉雷多、科馬里特、聖伊格納西奧；史塔爾郡的侯馬與里奧格蘭德城；伊達爾戈郡的愛丁堡；卡美隆郡的聖麗塔、愛勒潘達、布朗斯維爾，所有這些城市組成一個勢力龐大

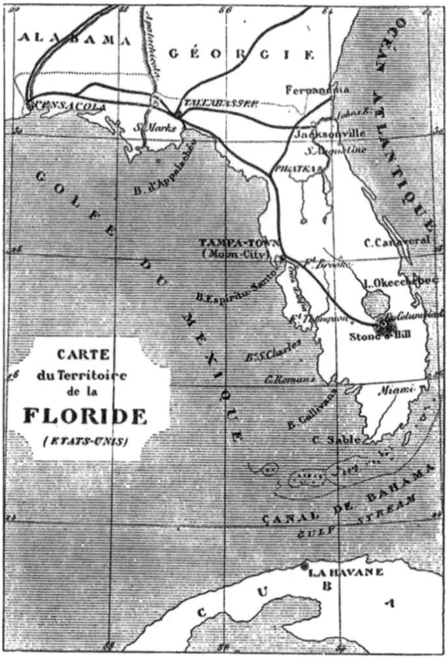

佛羅里達州的地圖

的聯盟，共同對抗佛羅里達提出的訴求。

因此，決議才剛宣布，德克薩斯州和佛羅里達州的代表們立刻抄最近的路程趕到巴爾的摩。從這時候起，巴比卡納主席和大炮俱樂部裡具有影響力的會員就被巨大的要求聲浪日夜圍攻。如果說希臘七個城市爲了搶有大詩人荷馬出生地這樣的榮譽而辯論不休，那麼，這兩州的全體公民在關乎一座大炮的爭奪中，簡直就快要互打起來了。

城裡的大街小巷都可以見到這些「惡狠的弟兄們」帶著武器散步。每次他們相遇，就有可能爆發衝突，導致不幸的後果。幸好，全憑主席巴比卡納的謹愼和機智，才避免了此等危險。個人性質的示威活動也在各州的報紙上找到抒發管道，例如《紐約先驅報》和《論壇報》支持德克薩斯州，而《時代報》和《美國評論報》則站在佛羅里達州這一邊。大炮俱樂部的會員不知道該聽哪一方的話才好。

德克薩斯驕傲地列出二十六個看起來準備就緒的郡城，但佛羅里達回答，以一個比對手小六倍的州來說，十二個郡可以抵得過對方的二十六個。

德克薩斯誇耀自己擁有三十三萬的在地人口，但是，佛羅里達吹噓自己雖然只有五萬六千人，不過土地面積較小，所以人口密度較高。此外，佛羅里達還指責瘧疾是德克薩斯州的特色，這種傳染病每年平均奪走好幾千個居民的性命。這點倒是沒有說錯。

輪到德克薩斯反擊了，它說，在熱病傳染這方面，佛羅里達實在沒什麼値得羨慕的。自己有幸患上一種嘔出黑血的慢性黃熱病，卻還指責別人是不衛生的地方，這種做法至少算是考慮欠周。這番話也很有道理。

「再說，」德克薩斯人透過爲他們發聲的《紐約先驅報》補充道，「對一個長有全美品質最佳棉花的州，一個出產用來造船最棒的綠橡樹的州，一個蘊藏絕佳煤礦和鐵礦，而且純礦石的產量達到百分之五十的州，對這樣一個州，我們應該予以敬重。」

針對這些話，《美國評論報》的回答是，佛羅里達州的土地雖然沒有這般富饒，但是它能爲哥倫比亞大炮的製模和澆鑄提供更優良的條件，因爲這裡的泥土是由沙和黏土構成的。

「可是，」德克薩斯人又接著說，「要在一個地方鑄造任何東西之前，必須能先到達當地。但是佛羅里達的對外交通不方便，而德克薩斯的海岸有加爾維斯敦灣，其周長十四法里，能容納全世界來的船隊。」

「好啊！」幾家忠於佛羅里達人的報紙都在重複著，「你們想拿那個位在二十九度緯線之上的加爾維斯敦灣來矇騙我們。我們難道沒有一個聖艾斯皮里迪灣嗎？它的灣口正好就在二十八度緯線上，而且船隻可以從這裡直接到達坦帕城。」

「好個美麗的海灣！」德克薩斯回答，「它可是大半邊都被沙淤塞了！」

「你們的也淤塞了！」佛羅里達叫嚷道，「爲什麼不乾脆說我這裡是蠻荒地帶呢？」

「的確，塞米諾爾人[2]還在你們的草原上奔跑呢！」

「那麼！難道你們的阿帕契人和科曼奇人[3]都已經開化了！」

你來我往的論戰就這麼持續了好幾天，這時，佛羅里達又想把它的敵手引到另一個戰場上。有天早上，《時代報》語帶暗示地說，這是個「道地的美國」事業，所以試驗也只能在「道地的美國」領土上來進行！

聽到這幾句話，德克薩斯跳了起來：「美國的！」它高聲說，「我們不是和你們一樣都是美國的領土嗎？德克薩斯和佛羅里達這兩州不都同樣是在一

他們不斷地爭論

2 美國原住民印地安族的一支，原本住在佛羅里達。

3 阿帕契人，美國勢力相當強大的印第安族，曾與白人對抗了數世紀。科曼奇人，居住在德克薩斯州北部的印地安族。

八四五年併入合眾國的嗎？」

「毫無疑問，」《時代報》回答，「但是，我們在一八二〇年就屬於美國了。」

「我相信是這樣，」《論壇報》反唇相譏；「你們當了兩百年的西班牙人或英國人之後，才被他們以五百萬美元賣給美國！」

「那有什麼關係！」佛羅里達人反駁，「我們難道應該為此臉紅嗎？路易斯安那州不就是在一八〇三年，以一千六百萬美元的代價[4]從拿破崙手中買來的嗎？」

「真是可恥啊！」德克薩斯州的代表們叫嚷著，「像佛羅里達這樣一塊微不足道的地方，居然敢和德克薩斯較量長短。德克薩斯非但沒有變賣自己，反而靠自己的力量取得獨立，在一八三六年三月二日趕走墨西哥人，在塞繆爾·休士頓將軍的率領下，於聖哈辛托河畔擊敗聖塔·安那所領導的墨西哥軍隊，並在勝利之後，宣布成立聯邦共和國！總之，這個州是自願加入美利堅合眾國的！」

「因為它怕墨西哥人！」佛羅里達回答。

害怕！這個詞確實太尖銳了，從它被說出口的那天起，情勢變得再也沒有轉圜餘地。兩派人馬隨時有可能在巴爾的摩大街上互掐脖子，展開廝殺。州代表的行動不得不因此受到限制。

巴比卡納主席不知道怎麼辦才好。報告、文件，以及充滿威脅的信函像雨點一般紛紛送到他家。他應該選擇那一邊呢？從土地適宜、交通便利、運輸快捷的角度來看，兩個州的條件確實相等。至於政治資格方面，根本就與問題無關。

然而，這個游移不定、左右為難的狀況已經持續好一陣子了，巴比卡納決心做個了結，他將所有的同事召集在一起，而正如我們即將在下文中讀到的，他所提議的解決方案極為明智。

「鑒於近來在佛羅里達和德克薩斯所發生的事情，」他說，「即便選出了一個州，同樣的困難顯然還是會在該州的幾個城市之間再度產生。競爭將會有如分類學的屬降級到種一般，從州的層級轉到城市層級，就是這麼回事。德克薩斯擁有十一個符合條件的城市，它們將會為了成為試驗地點的這份光榮而爭鬥，這又會給我們製造出新的麻煩。反觀，佛羅里達州卻只有一個合格的城市。所以，就選擇佛羅里達，選擇坦帕城吧！」

決定公布後，德克薩斯州的代表都十分沮喪。他們的內心燃起難以形容的怒火，還指名挑釁大炮俱樂部的會員。巴爾的摩的官員只有一個辦法可用，他們也真的採用了。官方派人啓動了一列特別的火車，不管德克薩斯人願不願意，把他們全都送上車，這批德州人便以每小時三十英里的速度，離開了巴爾的摩城。

4 相當於八千二百萬法郎。（原文註）

不過，雖然他們很快就被載走，卻還是來得及對他們的敵手做最後一次帶有威脅的譏諷。

他們影射佛羅里達的面積狹窄，說它不過是一塊夾在兩個大海之間的半島，他們聲稱佛羅里達將無法抵抗得住大炮發射時的震動，一開炮就會被震垮。

「好吧！就讓它垮吧！」佛羅里達人以足可媲美古人的簡潔方式做了回答。

第十二章　世界的各個角落

天文學、力學，與地形學的困難一旦解決之後，接續而來的就是金錢的問題。需要籌措一筆龐大的金額來實現計畫。沒有任何一個人，甚至任何一個州，能拿得出工程所必要的數百萬元。

因此，儘管這是美國人的試驗，巴比卡納主席仍決定把它當作一件與世界利益有關的事務，並且請求各個民族給予財源上的協助。參與地球衛星的事業是整個地球的權利和義務。為了這個目的而發起的募捐，從巴爾的摩擴展到全世界的各個角落。

這場募捐或許能得到超乎期待的成功，然而，它要求的是贈與，不是借貸，從字面上的直接意義來說，這是一個完全不追求私人利益的活動，而且也沒有提供任何獲取利潤的機會。

巴比卡納的報告所引起的迴響並非止於美國的邊境，它越過了大西洋和太平洋，同時遍及亞洲和歐洲，非洲和大洋洲。合眾國的天文臺立即與外國的天文臺建立了聯繫；有一部分的天文臺，像是巴黎、聖彼得堡、開普敦、柏林、阿托納[1]、斯德哥爾摩、華沙、漢堡、布德[2]、波隆那[3]、馬爾他、里斯本、貝納勒斯[4]、馬德拉斯[5]、北京，這些地方的天文臺都向大炮俱樂部轉達他們的祝賀；其他的一些天文臺則抱持謹慎的觀望態度。

至於格林威治天文臺，由於受到大不列顛另外二十二所天文學機構的支持，態度直截了當。它大膽否定了成功的可能性，並對尼修勒船長的理論深表贊同。所以，當各種不同的科學團體紛紛允諾派遣代表到坦帕城時，格林威治辦公室這時才召開會議，把巴比卡納的提議突如其來地排入議程。這沒有別的理由，純粹是出於英國人的嫉妒。

總之，科學界的反應極佳，而且這種反應從單獨個人一直傳遞到廣大群眾之間，大家普遍對這個問題都相當熱中。既然要號召大眾捐出一筆數目可觀的資金，這點就非常重要。

巴比卡納主席曾在十月八日，發表了一篇熱情洋溢的宣言，他在文章中對「地球上所有誠懇善良的人們」發出呼籲。這份文件被翻譯成各種語言，獲得很大的成功。

募捐活動在合眾國的各個主要城市展開，所得的捐款再集中存放在巴爾的摩街九號的巴爾的摩銀行。接著，在歐美兩個大陸的不同國家裡，也都進行了募捐：

在維也納，羅斯柴爾德家族銀行；

在聖彼得堡，史迪格里茲公司；

在巴黎，動產信貸銀行；

在斯德哥爾摩，托提與阿爾夫瑞德森銀行；
在倫敦，羅斯柴爾德家族銀行；
在義大利杜林，阿爾杜安公司；
在柏林，孟德爾頌銀行；
在日內瓦，隆巴爾歐迪耶公司；
在君士坦丁堡，奧圖曼納銀行；
在布魯塞爾，隆貝爾公司；
在馬德里，丹尼耶．威斯維列公司；
在阿姆斯特丹，荷蘭信貸；
在羅馬，透厄隆尼亞公司；
在里斯本，勒賽斯納銀行；

1 位於加拿大的東南部。
2 匈牙利舊時的首都，位在多瑙河西岸。
3 義大利北部最發達的城市之一。
4 又稱瓦拉納西，是印度北部的聖城，位於恆河左岸。
5 印度南部最主要的大城。

在哥本哈根，民營銀行；
在布宜諾艾利斯，莫瓦銀行；
在里約熱內盧，同上；
在烏拉圭的蒙德維迪爾，同上；
在智利的瓦爾帕萊索，湯馬斯．拉香伯爾公司；
在墨西哥城，馬爾坦．達宏公司；
在祕魯的利馬，湯馬斯．拉香伯爾公司。

巴比卡納主席發表宣言後的第三天，就有四百萬美元[6]的捐款交到合眾國不同城市的銀行裡。有了這樣第一筆款項，大炮俱樂部的計畫已經可以順利推行了。

而且，才幾天之後，就有電報通知美國說，國外的募捐也受

募捐活動開始

到熱烈的響應。某些國家表現得特別慷慨，另一些國家則比較不容易解囊相助。這是民族氣質的問題。

無論如何，數字比言語更具說服力，以下便是募捐結束後，被登錄成爲大炮俱樂部資產的正式款項。

俄羅斯交付的分擔額是一筆高達三十六萬八千七百三十三盧布[6]的巨款。會對此感到驚訝的人，必定是因爲不了解俄羅斯對科學的愛好以及他們在天文學研究上所獲得的進步。他們的天文學成就，全應該歸功於國內設立了許多天文臺，其中最主要的一座，價値兩百萬盧布。

法國一開始時取笑美國人抱負太高，自命不凡。法國人拿月球當藉口，重新找出成千篇過時的文字遊戲和二十幾首諷刺民歌，其內容既庸俗又無知。不過，正如從前唱完歌要付錢一樣，這次，法國人在取笑完之後，也付出一筆費用，他們總共捐出了一百二十五萬三千九百三十法郎。以這個數目來看，他們倒是頗有權利來消遣娛樂一下。

奧地利儘管財政煩擾不斷，仍表現得十足大方。在公眾捐款方面，它分擔了二十一萬六

---

6 大約是二千一百萬法郎。（原文註）

7 合一百四十七萬五千法郎。（原文註）

千弗羅林[8]，這筆金額受到了大炮俱樂部熱烈的歡迎。

瑞典和挪威的金錢援助合計有五萬二千個里克斯達勒銀幣[9]。對於這兩個國家而言，數目相當可觀。不過，假如募捐活動能同時在克里斯蒂安尼亞[10]和斯德哥爾摩兩地舉行，所得的金額一定會更高。由於某種理由，挪威人不喜歡把他們的錢匯到瑞典。

普魯士匯來二十五萬塔勒[11]，這證明了它對這個事業的高度贊同。普魯士不同地方的天文臺十分踴躍地分擔了這筆數目大部分的捐款。它們是巴比卡納主席最熱情的鼓勵者。

土耳其出手毫不吝嗇。但是，它與這項試驗是有個別關連的。事實上，土耳其的年月轉換和齋戒月日期都是依照月球的運行來計算。它募集的款項不可以少於一百三十七萬兩千六百四十皮亞斯特[12]，而它也十分樂意地捐了出來，然而這種熱烈的態度反倒揭露了執政的拉波爾特政府[13]多少都曾施過壓力。

比利時算是所有二等國家中捐款較多的一個，它拿出了五十一萬三千法郎，每位居民平均大約捐十二生丁。

荷蘭及其殖民地對這項科學試驗相當感興趣，從它們贈與了十一萬弗羅林[14]即可見一斑，不過，因為是現金付款，它們要求能享有百分之五的回扣。

丹麥雖然受領土的限制，仍然捐出了九千枚杜卡托純金幣[15]，這份貢獻證明了丹麥人對科學探險的熱愛。

德意志邦聯[16]承諾出資三萬四千二百八十五弗羅林[17]；我們不能對他們提出更高的要求了，況且，他們也不會給更多。

義大利的經濟狀況雖然非常拮据，還是從兒童們的口袋裡找出了二十萬里拉，不過這可是把口袋底都翻過了。假如它能擁有威尼斯共和國的話，可能會表現得更好；但是這個共和

---

8 合五十二萬法郎（原文註）。弗羅林是中世紀時通行於義大利的錢幣，後來逐漸被歐洲多國採用。

9 合二十九萬四千三百二十法郎。（原文註）

10 挪威首都奧斯陸的舊稱。

11 合九十三萬七千五百法郎。（原文註）
譯註：塔勒，日爾曼帝國時通用的大銀幣。

12 合三十四萬三千一百六十法郎。（原文註）

13 奧圖曼帝國時期統治土耳其的政府。

14 合二十三萬五千四百法郎。（原文註）

15 合十一萬七千四百一十四法郎。（原文註）

16 是個面積龐大但結構鬆散的政治組織，成立於一八一六年，瓦解於一八六六年，成員國大多是公國或者城邦，領土涵蓋現今　奧以及匈牙利等東歐各國。

17 合七萬二千法郎。（原文註）

國已經不存在了[18]。

教宗國認為它的捐款不應少於七千零四十羅馬埃居[19]，而葡萄牙對科學的忠誠使它的募捐結果高達三萬克魯薩德[20]。

至於墨西哥，它捐出八十六枚皮亞斯特大銀圓[21]，可說是「寡婦的最後施捨[22]」，不過，這個剛成立不久的帝國，總不免有些財政困難。

瑞士對這項美國的事業提供了二百五十七法郎的小量援助。必須坦白地說，這個國家一點也不了解此試驗的實際意義，它不認為發射一顆炮彈到月球上就能與這個黑夜的星體建立往來。對它而言，將資金投注到這樣不確定的高風險事業上，顯得相當不明智。到頭來，瑞士也許是對的。

而西班牙呢，它沒辦法籌集到比一百一十個里亞爾銀幣[23]更多的錢了。它拿修繕鐵路做藉口，而真相是這個國家不太重視科學，它仍處在些許落後的狀態。而且有些並非缺乏學識的西班牙人，對炮彈和月球的大小比例沒有準確的了解。這些人擔心炮彈萬一干擾月球的軌道，打亂了這顆衛星的運作，會導致月球掉到地球上。在這種情況下，最好還是不要介入。而除了拿出幾個里亞爾之外，他們也的確做到不參與了。

剩下英國了。我們都知道它是以一種輕蔑的反感態度來接受巴比卡納計畫。而大不列顛境內的二千五百萬居民只有一個相同的心靈。他們暗示說，大炮俱樂部的試驗違背了「不干涉原則」，所以他們連一法尋[24]也不會捐。

大炮俱樂部聽到這個消息後，只不過聳聳肩，就繼續從事它的偉大事業了。南美洲，也就是包括祕魯、智利、巴西、拉普拉塔河[25]流域的各省，以及哥倫比亞，從這些地方募集到的分擔額共計三十萬美元[26]，在這筆可觀的募捐所得清單裡，居於首位。以下是捐款的總帳目：

18 當時威尼斯被奧地利帝國占領，直到一八六六年才統一到義大利王國中。

19 七千零四十羅馬埃居，合三萬八千零一十六法郎。（原文註）
譯註：教宗國，教宗統治的領地，位於現今義大利境內，於一八六一年以後逐漸被併入義大利王國，最後縮減至只剩下梵諦岡。

20 合十一萬三千二百法郎。（原文註）

21 合一千七百二十七法郎。（原文註）

22 意指窮人拿出自己僅有的微薄收入幫助他人。語句典故出自聖經，耶穌在一群做宗教奉獻的信徒中，發現一位窮苦年老的寡婦正拿出身上的一點錢來捐獻，他於是以此做為例子，教導信徒真正的虔誠源自內心，是肉眼看不見的。

23 合五十九法郎又四十八生丁。（原文註）

24 英國的舊硬幣。在英國舊幣制裡，一英鎊等於二百四十舊便士，而一法尋的價值只有四分之一舊便士。

25 位在南美洲東南部，阿根廷和烏拉圭之間，兩國的首都均建立在此河岸邊。

26 合一百六十二萬六千法郎。（原文註）

美國國內捐款	**4,000,000**	美元
國外捐款	**1,446,675**	美元
總計	**5,446,675**	美元

所以，群眾繳進大炮俱樂部出納櫃的總金額是五百四十四萬六千六百七十五美元[27]。

對於這筆金額數目之龐大，應該沒有人會感到驚訝吧！鑄造大炮、鑽炮筒的工程、砌造護炮體、運輸工人、將工人安置在幾乎無人居住的地方、建築窯爐和房屋、工廠內的機械裝

27 合二千九百五十二萬零九百八十三法郎又四十生丁。（原文註）

紐約附近的高爾茲布罕工廠

備、火藥、炮彈、額外的開支……，所有這一切，依據估價單來預算，大概就把捐款幾乎耗盡了。南北戰爭時期，某些大炮發射一次就能花掉一千美元；而巴比卡納主席這個大炮射擊紀事裡，絕無僅有的發射試驗，其花費很可能要多上五千倍。

十月二十日，負責這次試驗的相關單位與高爾茲布罕工廠簽訂一份合約，這家工廠位於紐約附近，在戰爭期間曾經供給巴洛特[28]最好的鑄鐵大炮。

簽約的雙方明文規定，高爾茲布罕工廠應把鑄造哥倫比亞大炮所需的物資運送到佛羅里達南部的帕坦城。所有作業最遲必須在明年十月十五日完工，交出的大炮也必須配備齊全，符合要求，否則必須支付每天一百美元的罰金，從預定交貨日起，直到下一次月球符合相同的發射條件爲止，也就是在十八年又十一天後。工人的招募、薪資給付，與必要的工作狀況調整，都歸高爾茲布罕公司處理。

這份在誠信原則之下，制訂的一式兩份合約，由大炮俱樂部主席巴比卡納和高爾茲布罕工廠負責人莫爾奇森簽字並經雙方許可之後生效。

28 美國南北戰爭時期的炮兵部隊軍官，也是有名的大炮發明家。

第十三章　石頭崗

自從大炮俱樂部會員捨棄了德克薩斯，選擇另一州以來，在人人識字的美國，每個人都認爲有義務把佛羅里達的地理好好研讀一下。書店從來不曾賣過這麼多本巴爾崔姆的《佛羅里達之旅》、羅曼的《佛羅里達東西部自然史》、威廉的《佛羅里達的版圖》、克萊隆的《佛羅里達東部的甘蔗栽培》。這些書全都必須再版。大家對佛羅里達的關注形成了一股狂熱。

巴比卡納有比閱讀更重要的事情要做，他希望能親自勘查並決定哥倫比亞大炮的建造地點。所以，他一刻也沒浪費，將建置望遠鏡的經費撥給劍橋天文臺，和阿爾巴尼的布萊德威爾公司洽談製造鋁炮彈的事宜，接著，便在馬斯通、參謀艾爾費斯頓以及高爾茲布罕工廠負責人的陪同下，離開了巴爾的摩。

第二天，四位同行的夥伴到達紐奧良。他們立即在那兒登上聯邦海軍的護衛艦唐彼克號，那是政府派來供他們使用的水上運輸工具。軍艦的爐火旺盛，一路疾駛，沒多久，路易斯安那的海岸就在他們眼前消失。

這段渡海的航程不算長，他們出發之後才兩天，唐彼克號已經行駛過四百八十英里[1]，望見佛羅里達的西岸。在艦艇逐漸靠近岸邊時，巴比卡納眼前正面對著一片看起來相當貧瘠的平坦低地。唐彼克號沿著一個又一個盛產牡蠣和龍蝦的小海灣航行，最後進入聖艾斯皮里迪灣。

這個海灣分成兩個長條形的停泊場，一個是坦帕停泊場，另一個是西利斯柏侯停泊場，輪船很快地繞進西利斯柏侯停泊場的狹窄入口。過了一會兒，可以看見布魯克堡壘佇立在波浪之上，接著坦帕城出現了，它像是漫不經心似地，躺在西利斯柏侯河口形成的天然小海港的深處。

十月二十二日晚上七點，唐彼克號一在這個小港拋下錨，四位乘客就立即下了船。

巴比卡納走在佛羅里達的土地上，他感覺自己的心臟跳動得十分劇烈，他抬起腳試探地面，樣子就像一個在檢驗房屋是否堅固的建築師。馬斯通也用他那鐵鉤手的尖端扒弄著地上的泥土。

「諸位先生們，」巴比卡納這時開口說，「我們沒有時間可以浪費了，明天起我們就騎馬勘察環境。」

巴比卡納一踏上這片土地，坦帕城的三千個居民就前來迎接他，在他們看來，這是在遴選過程中眷顧坦帕城的大炮俱樂部主席應得的榮耀。他們在響亮的喝采聲中歡迎他。可是，巴比卡納避開所有的群眾歡呼場面，躲進富蘭克林旅館的房間，什麼人也不接見。名人這個「職業」顯然不適合他。

第二天，十月二十三日，幾匹精神奕奕，活力充沛的西班牙小馬在巴比卡納的窗下，用前蹄踢蹬著。不過這裡可不只四匹，而是五十匹，以及坐在馬上的騎兵。巴比卡納由三位伙伴陪伴下樓，發現自己被這樣大陣仗的隊伍包圍，感到十分驚訝。此外，他留意到每個騎兵的肩上都斜掛著一支卡賓短槍，馬鞍上還繫有多支裝在皮套裡的手槍。一位年輕的佛羅里達男子立刻告訴他這個武裝排場的理由，這個人說：

「先生，這一帶有塞米諾爾人。」

「什麼塞米諾爾人？」

「在草原上四處流竄的野蠻人，我們認爲應該謹慎行事，讓人護送你們。」

「嘿！」馬斯通表示不甚在意，一面躍上他的坐騎。

「總之，」佛羅里達男子接著說，「這樣做比較安全。」

「各位先生們，」巴比卡納回答，「謝謝你們的好意，現在，上路吧！」

1 大約是二百法里。（原文註）

這一小支隊伍立即出發，消失在一陣塵土中。時間是清晨五點，陽光已經明亮耀眼，溫度計指著八十四度[2]，但是，從海上吹來的涼爽微風緩和了這股過於強烈的熱氣。

巴比卡納離開坦帕城，沿著海岸南下，直到抵達阿里菲亞溪。這條小河在坦帕城下方十二英里處，流入西利斯柏侯灣。巴比卡納和護衛騎兵隊順著溪流右岸走，繼續朝東攀行。海灣的波濤不久就隱沒在一塊皺褶地之後，接著舉目望去，盡是佛羅里達的田野。

坦帕城：開工之前

佛羅里達州分爲兩個部分：一部分在北邊，人口較稠密，較繁榮，它的首府是塔拉赫西，還有一個名爲彭薩科拉的城市，是美國主要的海軍兵工廠之一；另一部分夾在大西洋和墨西哥灣之間，在兩邊海水的壓迫下，只不過是一個受墨西哥灣流侵蝕的細長半島，一塊迷失在一小群島嶼間的地岬，巴哈馬海峽上的眾多船隻川流不息地環繞著它行駛。這是經常遭大型暴風雨肆虐的海灣上一處突出的崗哨。這個州的面積有三千八百零三萬三千二百六十七英畝[3]，必須從其中選出一個位於北緯線二十八度以內，且適宜進行發射實驗的地方；因此巴比卡納專注地察看土壤結構及其特殊的分布狀況。

佛羅里達州是西班牙人儒安·龐斯·德萊昂在一五一二年的聖枝主日[4]發現的，所以最初被稱做「百花盛開的復活地」。它那被太陽烤焦的乾旱海岸地帶，實在難以配得上這個美麗的稱號。但是，來到距離岸邊幾英里的地方，土質逐漸改變，使人覺得，取那樣的名稱，對這地區而言是當之無愧了。溪流、河川、水道、池塘、小湖泊，交織成一片錯綜複雜的水路網，把土地分割成塊狀，走在其間，會以爲是置身在荷蘭或圭亞那。接著，原野的地勢漸漸升高，一片片耕作過的平原一下子映入眼簾。所有北方和南方的植物農產生長得多麼好啊！在那遼闊的田野上，熱帶地區的陽光和保存在黏土裡的水分爲作物的栽培提供有利的條件。最後，種植鳳梨、山藥、菸草、稻米、棉花、甘蔗的平原向四處延展，一望無際，正無

---

2 這是華氏溫度計，當時的溫度相當於攝氏二十八度。（原文註）

3 相當於一千五百三十六萬五千四百四十公頃。（原文註）

4 復活節前的星期日，根據記載，耶穌在這一天進入耶路撒冷，受到群眾手持棕櫚樹枝夾道歡迎。

憂無慮、毫不吝惜地展現它們的富庶。

巴比卡納看到地面漸次高起，顯得非常滿意，當馬斯通就地勢的問題詢問他時，他回答：

「高貴的朋友，我們最好在一片高地上鑄造我們的哥倫比亞大炮，這樣做對我們非常有利。」

「爲了能更靠近月球嗎？」大炮俱樂部的祕書高聲說。

「不！」巴比卡納微笑著回答，「在距離遠近上，多幾個或少幾個托瓦茲，又有什麼關係呢？不是這麼一回事。不過，在高地上，我們的工程會比較容易進行；我們用不著和水搏鬥，因此也無須鋪設又長又貴的管線。當工程涉及到挖鑿一口九百英尺深的井時，就不得不考慮這一點。」

「你說的對，」工程師莫爾奇森這時說道，「在掘井時，必須盡可能避開水流。不過，假如我們眞碰上泉水了，那也沒關係，我們用機器把它抽乾，或者將它引到別處。這裡可不是那些狹窄陰暗的阿爾泰西翁井[5]，唉，當時螺絲錐、鑽孔機、勘測鑽，總之，所有鑽井必備的工具，都像盲人一樣摸索著工作。現在的這件工程卻不同，我們是在光天化日之下，手拿十字鎬或鶴嘴鎬來作業，再加上幫助甚大的地雷，我們就可以快速幹活了。」

「不過，」巴比卡納又說，「假如我們能藉著高地勢和優良土質，避免與地下水搏鬥，那麼工作就可以做得更快更完善。所以，我們要找一塊位在海拔幾百托瓦茲的高地來挖鑿我們的大坑。」

「有道理，巴比卡納先生，假如我沒有弄錯，我們很快就會找到合適的地點了。」

「啊！我希望自己是舉起十字鎬掘出第一下的人。」主席說。

「我要掘那最後一下！」馬斯通大聲說。

「我們會成功的，諸位先生們，」工程師回答，「而且，請相信我，高爾茲布罕公司不會需要繳交延遲罰金給你們的。」

「聖巴爾伯保佑！你說的話不會錯的！」馬斯通回應道；「每天一百美元，直到月球再次處於相同條件下爲止，也就是十八年又十一天的時間，你可知道總共是六十五萬八千一百美元[6]嗎？」

「不，先生，我們不知道，」工程師回答，「而且也不需要知道。」

上午將近十點鐘了。小小的隊伍已經走過十二多英里。繼肥沃的田野之後出現的是森林

---

5 葛內勒井（巴黎的第一口自流含水層井）花費了九年的時間才挖掘完成，井的深度為五百四十七公尺。（原文註）

譯註：阿爾泰西翁井又稱自流含水層井，此類井的水面高於地面，形成自流現象。由於自流含水層現象是在法國的阿爾泰地區發現的，所以依此命名。

6 合三百五十六萬六千九百零二法郎。（原文註）

區。那裡雜生著各式各樣的樹木，尤其以熱帶品種最爲豐富。組成這片幾乎無法通行的森林的樹種有石榴樹、橙樹、檸檬樹、無花果樹、橄欖樹、杏樹、香蕉樹、大株的葡萄樹，它們的花和果實，在色彩與香味上爭奇鬥豔。這些美麗林木所形成的充滿香氣的樹蔭下，是一群色彩奪目的鳥類世界，鳥群鳴唱著，飛翔著，其中特別引人注意的是食蟹鷺，牠們的巢必定有如珠寶盒，如此才不愧爲這些長著羽毛的珠寶的鳥兒的窩。

馬斯通和參謀置身在這片豐富的大自然，無法不讚賞它那奕奕生輝的美。但是巴比卡納主席對這些美景似乎無動於衷，他急著往前走，並不喜歡這個富饒多產的地區，甚至就是因爲它太豐富多產了。他雖然並非地下水探尋家，卻能感覺腳底下有水，他想找到一個無可爭辯的乾燥徵象，卻是白費力氣。

然而，大家仍一直前進著，還必須涉水走過好幾條河流，這並非絕對安全，因爲這些河裡棲息著大量侵擾環境的凱門鱷，個個長達十五到十八英尺。馬斯通膽量大，用他那可怕的鐵鉤手威脅這些爬蟲類，可是，他只驚嚇得了鵜鶘、野鴨、鸛，這些河邊的野生居民，而高大的紅鸛則是呆呆地望著他。

後來，這群潮濕地帶的常客不再出現在他們的視線裡，一些較矮小的樹木稀稀疏疏地散立在不怎麼濃密的林地裡，受驚的黃鹿群正從平原上經過，幾簇孤立的樹叢清楚地顯現在無邊無際的平原中央。

「總算到了！」巴比卡納從馬鐙上站起來叫道，「這裡是松樹地帶了！」

「也是野蠻人出沒的地帶。」參謀回答。

果然有幾個塞米諾爾人出現在地平線上。他們顯得情緒激動，騎在快馬上來回奔跑，或是揮舞長矛，或是用槍聲低沉的步槍射擊。不過，他們的行動僅止於帶著敵意的示威，沒有引起巴比卡納和同伴們的不安。

巴比卡納一行人這時恰好位在一片布滿礫石的平原中央，灼熱的陽光正傾瀉在這塊好幾英畝的寬闊土地上。這平原是由面積廣大的突起高地所形成，似乎提供了大炮俱樂部的成員建造哥倫比亞大炮所要求的一切條件。

「停！」巴比卡納勒住馬說，「這個地方可有一個在地名稱？」

「它叫做石頭崗。」一個佛

必須涉水走過好幾條河流

羅里達人回答。

巴比卡納從馬上下來，沒說一句話，拿出儀表量具，極爲精確地測定方位。這一小隊人馬排在他周圍，悄然無聲地看著他。

這時候，太陽正經過子午圈，是正午時間。一會兒之後，巴比卡納快速地提出了他測量所得的數字，他說：

「這個地方位在海拔三百托瓦茲，北緯二十七度七分，西經五度七分[7]。依我看來，此處石礫多，土質又乾燥，提供了對發射實驗有利的所有條件。因此，我選擇在這片平原上建造我們的倉庫、工坊、熔爐，以及我們工人的住房，就是這裡，正是從這裡，」他重複說，一面用腳跺了跺石頭崗的高地，「我們的炮彈將從這裡出發，朝太陽系的太空飛去。」

---

7 這個測量結果是以華盛頓的經線為基準。這條經線和巴黎的經線相差七十九度二十二分。所以，若從法國的角度來測量，結果會是八十三度二十五分。（原文註）

第十四章　十字鎬和鏝刀

當天晚上，巴比卡納和他的同伴返回坦帕城，工程師莫爾奇森則重新登上唐彼克號前往紐奧良。他必須招募大批的工人，並把最大限度的物資運到這裡來。大炮俱樂部的三位會員都留在坦帕城，在當地民眾的協助下，組織初步的準備工作。

在出發後的第八天，唐彼克號帶著一隊蒸汽船再度回到聖艾斯皮里迪灣。莫爾奇森已經召集到一千五百名勞工。要是在艱苦的奴隸制度時代，他的時間和精力早就白白浪費了。但是，自從美國這片自由土地的人人都成爲自由人以來，凡是有酬勞優渥的工作召喚人手，不管在哪裡，大家都會趕忙往那裡去。而大炮俱樂部並不缺錢，它支付高薪給員工，並依據個人表現提供可觀的額外獎金。可以確信的是，被雇用來佛羅里達工作的工人，在工程完工後，都會領到一筆以他個人名義存放在巴爾的摩銀行裡的資金。所以，莫爾奇森目前只有選擇上的困難了，他可以對工人的智力和技術純熟度提出嚴格要求。我們有理由相信，在他招募的這個龐大的勞動軍團裡，都是各個行業裡的佼佼者，包括優秀的機械員、司機、鑄鐵工、鍛造工、礦工、製磚工人，以及各類的普通工人，黑人與白人都有，完全沒有以膚色做區別。許多人攜家帶眷而來，簡直就是一場十足的大移民。

十月三十一日，早上十點，這個勞工大隊在坦帕城的碼頭下船。小城的人口在一天之內增加了一倍，那種到處人潮湧動，熱鬧繁忙的景象實在不難想見。事實上，坦帕城從大炮俱樂部的創舉上得到非常多的好處，倒不是由於工人爲數眾多，這些人一上岸就立刻被送往石頭崗去了，而是多虧了從世界各個角落逐漸匯集到佛羅里達半島來的好奇人潮。

在最初的幾天裡，大家忙著卸下船隊運來的工具設備、機器、糧食，還有相當多的鐵皮房屋，這些活動屋都是用標有編號的分裝板材所拼裝成的。巴比卡納也在同一時候，爲全長十五英里，用來連接坦帕城和石頭崗的鐵路，插立第一批測量標竿。

我們都知道美國的鐵路是在什麼條件下修築成的。軌道經常突如其來地拐一個彎，上下斜坡的坡度太過陡直；也輕忽了柵欄和橋隧工程的重要性，逕自翻越丘陵，俯衝河谷。鐵路彷彿蒙著眼睛往前跑，從不在乎路線是否正確。這種鐵路不昂貴，建造方便，維修容易；只是，火車常出軌而且行駛起來顛上簸下，左蹦右跳。從坦帕城到石頭崗這段鐵路不過是簡單的小工程，不用花大筆的金錢和時間就能建好。

另一方面，巴比卡納是這些受到他號召而趕來的群眾心目中的靈魂人物。他把自己的靈感、熱情、信心感染給這群大眾，激勵鼓舞他們。他就像擁有分身術似的，隨處現身，身旁總是跟隨著那「嗡嗡叫的蒼蠅」馬斯通。他那講求實際的頭腦願意想盡辦法完成上千件發明。和他在一起，就不會有障礙，不會有半點困難，也從不曾感到拮据窘迫。正如同他是大炮發明家一樣，他也是礦工、水泥匠、機械師，總是能回答所有的要求，解決所有的難題。他積極與大炮俱樂部和高爾茲布罕工廠保持聯繫，唐彼克號日夜點燃煤爐，維持蒸氣壓力，在西利斯柏侯停泊場等候他的命令。

十一月一日，巴比卡納帶領一小隊工人離開坦帕城，才第二天，一座由機械活動屋組成的城市就在石頭崗的周圍建立起來。大家沿著城市外圍築一圈柵欄，從這座小城的活動與它蓬勃發展的活力來看，過不了多久，這裡就要被視爲合眾國的大都市了。這裡的生活安排得十分有紀律，各項工程也在井然有序之中一一展開。

幾次詳細進行的探勘已經使大家認識了土地的性質，挖掘的工作於是在十一月四日開始。當天，巴比卡納召集各工坊的主任，對他們說：

「朋友們，你們都知道爲什麼我要把你們集合在佛羅里達的這個荒野地區來。那是爲了要鑄造一座內徑九英尺，筒壁六英尺厚的大炮，外加一層十九英尺半厚的石頭護壁。所以總共必須挖掘一口寬六十英尺，深九百英尺的井。這項大工程必須在八個月內完成。而你們必須用二百五十五天的時間，挖出二百五十四萬三千四百立方英尺的土，以整數來算，等於每天挖一萬立方英尺的土。這對於一千名沒有束縛、可以自由操作的工人來說，不會有任何困難，但是若在一個相對受限的空間裡工作，就比較辛苦了。然而，既然工程要求得完成，就一定會完成，我仰賴你們的勇敢，如同仰賴你們熟練的技術一樣。」

上午八點鐘，十字鎬在佛羅里達的土地上，挖掘了第一下。從那時候起，這支勇氣可嘉的工具就不曾在礦工們的手裡閒置過片刻。工人們一天分成四班，輪流交替。

況且，這項工程儘管龐大，卻沒有超出人類力量的限度，還差得遠呢。有多少工程面臨了更實際的困難，必須直接克服不同因素，然而也都出色地完成了！只提幾個類似的工程，就足以證明。拿「若瑟夫大臣的水井」來說，它是蘇丹薩拉丹在開羅附近開鑿的，在那個時代，還不存在能使人類力氣增加百倍的機器，而這口井居然達到了尼羅河水面以下三百英尺的深度！另外，神聖羅馬帝國的總督讓・德巴特在科布倫茨掘了一口井，深度竟然到達地下六百英尺！那麼！目前的問題到底是什麼呢？不過是把「若瑟夫大臣的水井」的深度增加到三倍，寬度擴大爲原來的十倍，而這樣寬的井，鑽鑿起來會更加容易！因此，沒有一個工頭，沒有一個工人，會對工程的成功產生懷疑。

莫爾奇森在巴比卡納的同意下，做了一個重要的決定，又使工程的進展更加快速。合約中有一則條款，表示哥倫比亞大炮必須用燒熱的鑄鐵圈箍起來。這是一項過於謹慎卻無實際效用的措施，因爲大炮顯然不需要這些緊縮用的鐵環。所以，這個條文就被取消了。

如此一來，就省下了大量的時間，因爲工人團隊可以使用現今開井時採用的新式挖掘法，在鑽鑿的同時砌築井壁。藉由這個非常簡單的步驟，就用不著再以橫向支架撐住泥土，厚實的井壁已具有無法撼動的強度來支撐土牆，並且以它自身的重量慢慢下降。

這個作法只有在十字鎬觸及到土地的堅硬層之後，才可以開始進行。

十月四日時，五十名工人在用柵欄圍住的區域中心，也就是石頭崗高起的部分，掘出了一個寬六十英尺的大圓坑。

十字鎬先是遇到一層厚度六英寸的黑色沃土，它很輕易就被挖開了。在這層鬆軟沃土底下是二英尺的細沙，這是要用來製作內部鑄模的，所以都被細心地取了出來。

細沙之後，出現了相當密實的白色黏土，很像是英國的泥灰岩，黏土層層疊起，厚度有四英尺。

接著，十字鎬的鐵製尖端碰到泥土的堅硬層，一敲擊就迸出火花，這是由石化了的貝殼形成的岩層，非常乾燥，也非常結實，所以必須不停地用工具使勁挖掘。到此，坑洞已經有六英尺深。砌井壁的工作可以開始了。

工人在挖掘出的坑洞底部建造一個橡木製的「輪子」，就像是一個圓盤，用螺栓緊緊固定，而且堅硬度禁得起任何考驗。在輪子的中心穿了一個直徑與哥倫比亞大炮外徑相等的圓

---

1 位於現今德國的西南部。

洞。前幾層井壁護牆就是建築在這個圓盤上，用水硬性水泥把一塊塊石頭牢牢凝固在一起。工人從周邊往中心砌石塊，最後限縮在寬二十一英尺的井內。

井壁砌好了以後，礦工們重新拿起鶴嘴鎬和十字鎬，著手挖掘輪子下方的岩石，並且不忘用質地極爲堅固的「墊木[2]」逐步支撐輪盤。每次挖了二英尺的深度，就把這些墊木陸續抽掉，輪盤也就慢慢往下降，而輪盤上已經完成的環形護牆也跟著下降。泥水匠不停地加蓋上層的護牆，一面在牆面預留「通氣孔」，以便排除澆鑄時所產生的熱氣。

這類工作要求工人有極純熟的技術，還必須時時刻刻保持專注。在挖掘輪盤下方時，曾經有不只一位工人，被石頭碎片擊成重傷，甚至喪命。但是，熱烈勤奮的情緒就連一分鐘也沒有歇緩下來，無論白天夜晚。白天就曝曬在陽光下，幾個月之後，太陽就將九十九度[3]的熱力拋灑在這片燒灼的平原上；夜晚則是穿梭在透白的電燈光下。十字鎬敲打岩石的聲音、礦場的轟鳴、機器尖銳的嘎吱聲，以及飄散在天空的滾滾濃煙，彷彿沿著石頭崗周圍畫上一環令人驚駭的圓圈。不管是美洲野牛群或是塞米諾爾人的隊伍，都不敢跨越環線一步。

然而，工程的進展十分符合規律。蒸汽起重機忙著加速移除挖掘出的砂石，工人幾乎沒有遇到出乎意料的阻礙，只有早已預知的困難，大家也都巧妙地一一解決了。

第一個月過去了，井已經挖掘至這段時間規定的深度，亦即一百一十二英尺。十二月結束時，井深增加了一倍，到了一月底，增加三倍。二月期間，工人們得對抗從地殼滲出的一大片地下水。必須使用強有力的幫浦與壓縮空氣的抽水機來把水抽乾，才能用混凝土封住泉水孔，過程就像把船上漏水的裂縫堵住一般。最後，大家終究戰勝了這些麻煩的水流。不過，由於泥土鬆動，輪盤有一部分傾斜，使得護牆上出現部分缺口。這塊高達七十五托瓦茲的圓筒水泥盤，它的下推力有多麼可怕是可想而知的！這次意外奪走了許多工人的性命。

工程的進展十分符合規律

大家費了三星期的時間，用支柱支撐石頭護壁，修理護牆的牆基，並且把輪子恢復到最

2 類似一般工匠為方便工作而使用的三腳支架。（原文註）

3 相當於攝氏四十度。（原文註）

初的堅固狀態。幸虧工程師靈巧應變，使用的機器效能強大，一時受損的建物，終於再次站穩腳步，掘井工程才得以繼續進行。

從今以後，沒有任何新的事故可以阻撓工程的進展。六月十日，在巴比卡納規定的限期屆滿前的二十天，井已經達到了九百英尺的深度，井壁也全都砌上石頭。在井的底部，井壁下方是三十英尺厚的實心立方基體，而井壁的上端恰恰與地面齊平。

巴比卡納和大炮俱樂部的會員熱烈地讚揚莫爾奇森工程師，祝賀他能以無比快捷的速度完成這項浩大工程。

在這八個月期間，巴比卡納沒有離開石頭崗片刻。他一面密切注意掘井工程的進展，一面對工人的生活福利和健康狀況關切不已。那些在人口密集的大都會區經常蔓延的傳染病，對這個深受熱帶氣候影響的區域來說，尤其可怕，能避免這類的災情，讓他感到相當高興。

的確，有不少工人因為這個危險工程本身固有的疏失而付出性命，但是這些令人惋惜的不幸，是無法避免的，對於這些細節，美國人甚少掛心。他們雖然也關懷特別的個人，但更關心普遍的人類。然而，巴比卡納信奉的卻是完全相反的原則，而且他不放過任何可以實踐的機會。因此，幸而有他的細心和智慧，能在艱難情境發生時有效介入，還有他那驚人的、合乎人道的洞察力，這裡工地事故的平均發生次數並未超過那些被認為特別重視預防措施的海外國家，其中，法國大約每二十萬法郎的工程就會產生一件意外事故。

第十五章　鑄炮歡慶日

在掘井工程進行的這八個月期間，鑄大炮的準備工作也同時火速推展。一個來到石頭崗的外地人，大概會對呈現在眼前的景象感到驚異萬分。

在距離井六百碼的地方，有一千兩百座反射爐以井口爲中心點，環繞矗立著，每座爐子有六英尺寬，彼此間相隔半托瓦茲。這一千兩百座反射爐排列起來的長度可達二英里[1]。所有的爐子都依據同樣的模型建造，都有四角形的高大煙囪，給人無比奇特的感覺。馬斯通認爲這樣的建築布局十分出色，讓他聯想起華盛頓的巨型紀念碑，對他而言，沒有什麼比這更美的了，就算希臘建築也比不上，「更何況，」他說，「希臘從來沒有過這樣的東西。」

我們還記得，在討論大炮實驗的第三次會議裡，執行委員決定採用鑄鐵，特別是灰鐵，來鑄造哥倫比亞大炮。的確，這種金屬的韌性和延展性都比較好，也較柔軟，容易削切，適

1 大約三千六百公尺左右。（原文註）

於一切鑄模作業，經過煤炭處理後，品質優良，可以用來鑄造對衝擊具有強大抗力的機具，像是大炮、汽缸、蒸汽機、水壓機等等。

不過，鑄鐵若是只受過一次熔煉，鮮少能達到足夠均勻的純度，必須經由第二次熔煉，去除最後的泥質沉澱物，才能加以精煉。

因此，鐵礦在運送到坦帕城之前，先在高爾茲布罕工廠的高爐處理了一次，與高溫加熱的碳和矽接觸，已經碳化變成鑄鐵[2]。經過這第一道程序後，才把金屬送往石頭崗。可是，這一億三千六百萬磅的鑄鐵，如果用鐵路運送的話，價格太昂貴了，運輸費用會是物資價錢的兩倍。看來，在紐約租船，把長條狀的鑄鐵送船裝運，似乎較爲適當，而這至少需要六十八艘一千噸的船才載得完。五月三日，這支名副其實的船隊離開紐約水道，借道大西洋，沿著美國的海岸航行，駛進巴哈馬海峽，繞過佛羅里達海角，於當月十日，上行至聖艾斯皮里迪灣，停泊在坦帕城的港口，一路上沒有遭受任何損失。

船隻在港口卸下了貨物，接著裝進開往石頭崗的火車車廂，直到六月中旬[3]，這批龐大的金屬物資才全數運抵目的地。

我們不難了解，要同時熔化六萬噸的鑄鐵，一千兩百座熔爐並不算多。每座熔爐可以容納將近十一萬四千磅的金屬，這些爐子是根據鑄造羅德曼大炮的熔爐的模型來建造，它們的形狀呈梯形，頂部極扁圓。爐膛和煙囪分別位於熔鐵爐的兩端，所以熔爐內的所有地方都能均勻受熱。這些爐子是用耐火磚建成，只有一片燒煤炭的網格架和一個用來放置鑄鐵條的「爐床」；爐床傾斜成二十五度角，使得融化後的金屬可以流進承收盆，再由匯集在盆裡的一千兩百道溝槽，將液化的金屬導向中心井。

掘井和疊砌井壁的工程完成後的隔天，巴比卡納就指揮工人著手建造內部模。這項工作要在井中央，隨著井的軸心調整，立起一個高九百英尺、寬九英尺的圓柱體，其體積恰好是預留給哥倫比亞大炮的炮膛空間。這個圓柱體是用黏土和細沙混合製成的，另外添加了乾草和麥稈。內部模和井壁之間的空間將會注入金屬熔液，形成六英尺厚的炮筒壁。

爲了保持內部模的平衡，必須用鐵架鞏固著圓柱體，每隔一段距離就以砌住石頭井壁的橫梁來固定；在炮筒鑄造好之後，這些鐵製的橫梁就會融入金屬液消失不見，所以不會造成任何不方便。

這項作業在七月八日完工，於是決定從隔天開始鑄造炮身。

「這個鑄炮的大日子，應該得好好來慶祝一番。」馬斯通對他的朋友巴比卡納說。

「一點兒沒錯，」巴比卡納回答，「不過，這將不會是個公開的歡慶日！」

---

2 鑄鐵還需要經過在攪煉爐裡精煉的過程，去除碳和矽，才會變成有延展性的鐵。（原文註）

3 此處原文誤植為一月，然而根據故事發展，應是指六月。

「怎麼！你不打開圍欄的門，迎接所有人嗎？」

「我正要避免這麼做呢，馬斯通。鑄造哥倫比亞大炮的過程，即使不說是危險，也算相當難操作的，我寧願關起門來進行。在發射大炮時，假如大家願意，可以一起慶祝，但是在那之前，不宜公開。」

主席的考慮是對的。鑄炮過程可能會發生意料不到的危險，大批參觀的人潮反而會妨礙應變措施，必須在作業中保有行動的自由。因此，除了專程前來坦帕城的大炮俱樂部會員代表團之外，任何人也不准進到圍欄內。在代表團裡，可以看到敏捷有活力的畢勒斯比、湯姆·杭特、布倫斯貝里上校、艾爾費斯頓參謀、摩爾岡將軍，以及所有把鑄造哥倫比亞大炮當成自己事情的人。馬斯通自願當起嚮導，他不讓他們錯過任何細節；他領著這群人到處走，到倉庫，到工坊，周旋在機器之間，他強迫他們一座接一座地參觀完一千兩百座熔爐。在參訪到第一千兩百座爐子時，他們都有點厭煩了。

鑄炮的時間是中午十二點整。前一天，每座熔爐裡，都已經裝好了十一萬四千磅的金屬條，這些條狀鑄鐵交叉堆疊在一起，使熱空氣可以在其間自由流通。從早上起，一千兩百柱煙囪就朝天空噴射著源源不絕的火焰，地面也在隱隱顫動著。有多少金屬要熔化，就有多少煤要燃燒。因此，六萬八千噸的煤炭在太陽面前噴出有如厚重簾幕一般的黑煙。

沒多久，熔爐周圍就熱得讓人難以忍受，爐子發出的轟轟吼叫，宛如雷聲隆隆；強力鼓

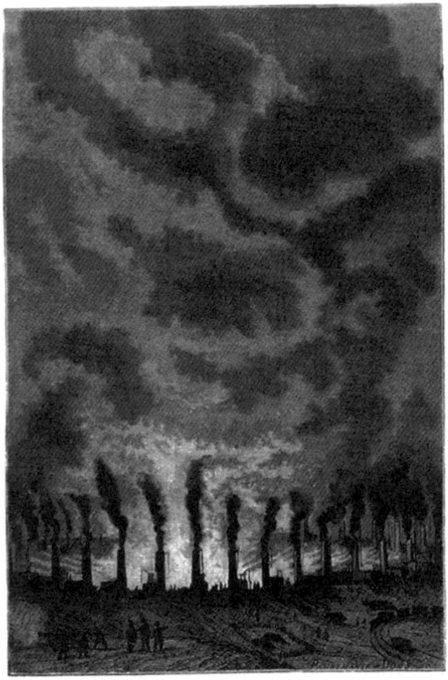

鑄鐵

風機也不停地吹氣，讓所有熾熱的爐缸裡充滿氧氣。

整個作業要快速執行才能成功。做爲訊號的炮聲一響，每座熔爐就應該讓液態鑄鐵完全流盡。

各方都安排好之後，主管和工人們都在等待指定的時刻，他們的焦急情緒中，夾雜著些許激動。圍欄裡再也沒有什麼人，每個鑄造工頭都站在熔鐵排出口旁，自己的工作崗位上。

巴比卡納和俱樂部的同事在鄰近的一處高地上監督著。他們面前擺著一尊大炮準備好，只要工程師一發信號，就立刻射擊。

中午前的幾分鐘，金屬熔液開始一小滴一小滴的流出來，各個承收盆漸漸都滿了。待鑄鐵完全熔化之後，還要讓它靜置一會兒，熔液中的異物才容易分離出來。

正午十二點了。突然一聲炮響，一道淺黃褐色的閃光射入天空。一千兩百個熔鐵排出口同時打開，這一千兩百條火蛇伸展它們熾熱的彎曲身形，朝著中央井爬過去。到了井邊，它們猛然衝下九百英尺的深度，發出可怕的轟隆聲。這景象既壯麗又令人感動。土地在顫抖，波浪般的鐵液向天空拋射出滾滾濃煙。同時模子裡的水分也都被這股鐵浪蒸發，化作難以望穿的蒸氣，經由石頭護壁上的通氣孔排放出來。人造雲霧翻騰盤旋，一層層向空中推展，直升到五百托瓦茲的高度。一個在地平線邊際外流浪的野人，可能會以爲這是佛羅里達的地底正在形成一個新的火山口，然而，這既不是火山爆發，也不是龍捲風，不是狂風暴，不是自然力的搏鬥，更不是那些大自然才會產生的可怕異象！都不是！這些火紅的蒸氣，這些媲美火山的萬丈火焰，這些像地震晃動一樣聲響驚人的震顫，這些足以和颶風與暴風雨匹敵的怒吼，都是人類獨自創造出來的。是人類的手，把這整個金屬熔液的大瀑布推入他們親手挖掘的深淵。

第十六章　哥倫比亞大炮

澆鑄工程是不是已經成功了呢？我們僅能做簡單臆測。然而，既然模子已經把熔爐裡的液態金屬全部吸納了，一切都讓人相信結果是成功的。無論如何，應該會有一段很長的時間，無法直接查核真相。

事實上，當初羅德曼參謀鑄造他那座十六萬磅重的大炮時，降溫冷卻的過程就必須花上至少半個月的時間。那麼，被滾滾蒸氣環繞著，熱度強烈得使人無法接近的巨型哥倫比亞大炮，還要迴避崇拜者的目光多久呢？這很難估計。

在這段時間裡，大炮俱樂部會員的耐心受到嚴峻的考驗。但是，大家沒什麼能做的，馬斯通還差點兒被自己的忠誠熱情給烤焦了。鑄造完工後半個月，空中還矗立著巨大的煙柱，在石頭崗高地周遭二百步的範圍內，土地的熱度仍會灼燙雙腳。

日子流逝，一星期過了緊接著又是一星期。沒有任何辦法能讓這個龐大的圓柱體冷卻下來，也無法靠近它。唯有等待，大炮俱樂部的會員個個咬緊牙關忍耐。

「今天是八月十日了，」馬斯通有天早上說，「離十二月一日已經不到四個月！清除內部模子，測定炮膛口徑，給哥倫比亞裝填火藥，所有這些工作都待完成！我們會來不及的！我們連走近大炮都還不能！難道它就永遠冷卻不了！這可眞是個殘忍的騙局！」

大家試著要讓這位著急的祕書冷靜下來，卻都無法辦到。巴比卡納什麼也沒說，可是他的沉默裡潛藏著隱隱的怒火。眼見自己被一件只有時間能戰勝的障礙阻撓了，而且還得聽憑時間這個在許多形勢下都堪稱可怕的敵人的支配，對叱吒戰場的軍人而言，實在難以忍受。

不過，每天的觀察報告證實，土地的狀態的確有某些改變。近八月十五日的時候，排放出來的蒸氣在強度和濃度上都已經顯著減低。幾天之後，地面上只噴發出些微的水氣，那是被監禁在石頭棺木裡的怪物所吐出的最後一口氣。慢慢地，土地的戰慄緩和了下來，熱力圈也縮小了，最焦急的觀察員終於能一步步靠近。今天前進二托瓦茲，明天，四托瓦茲，到了八月二十二日，巴比卡納、他的同事，和工程師終於可以站在那一片與石頭崗山頂齊平的鑄鐵上頭了。這裡必然是一個極合乎衛生的地方，腳底下還能感覺到溫熱呢。

「總算是到了！」大炮俱樂部主席滿意地長長吁了一口氣，大聲說。

後續工作在當天就開始。工人們立刻動手去除內部模子，以便把炮膛空出來。鶴嘴鎬、十字鎬，所有可以鑽鑿的工具全都一刻不停地上下揮舞。黏土和沙受到高溫的熱作用，早已變得堅硬無比，碰觸到鑄鐵壁的那一面還相當灼熱，但是，藉由機器的幫助，工人們戰勝了這種混合物。清除下來的沙土很快地被蒸汽搬運車載走。他們工作得如此出色，情緒如此激昂；巴比卡納的要求是如此迫切，而他用美元做爲論據又是如此具說服力，所以，內部模子的一切痕跡到了九月三日就統統消失不見了。

接著馬上展開削切炮膛的作業，機器毫不拖延地安置好，威力強大的絞刀快速運轉，刀刃磨銼著凹凸不平的鑄鐵表面。幾個星期之後，這個巨大管子的內壁已完全符合圓柱體的要求形狀，炮膛也被磨得光滑無比。

最後，九月二十二日，離巴比卡納的報告之後還不滿一年，工程師就精確地測定了大炮的口徑距離，並且利用靈敏的儀器把位置調整到絕對垂直。這座巨型大炮隨時準備好運作，現在就等著月球了，而大家都確信，月球是不會失約的。馬斯通欣喜若狂，他探頭望向九百英尺深的長管，整個人險些跌落井底，大家都嚇了一跳。要不是可敬的布倫斯貝里上校，伸出那隻有幸保存下來的右手臂拉住他，這位大炮俱樂部的祕書早就摔死在哥倫比亞大炮的炮膛深處，成爲另一個艾洛斯特拉特[1]了。

大炮已經建造完成，再也不可能有人懷疑這項工程的圓滿執行。因此，十月六日，不管

---

1 艾洛斯特拉特（Erostrate），古希臘的年輕人，為了能名留千史，縱火燒毀當時聞名世界的神廟，之後遭處死，卻也成為歷史名人。

尼修勒船長心裡怎麼想，他仍履行了與巴比卡納主席的打賭約定，主席於是在帳冊的收入欄上，登錄了兩千美元。可以想見，船長的怒氣已達到最後限度，簡直像是疾病一樣讓他苦惱不已。不過，他還有三千、四千、五千美元的三筆賭注。只要他贏得其中兩勝，他這場賭局即使不是絕佳，也算是不壞了。可是金錢並不在他的盤算之內，他的對手鑄造了一座十托瓦茲厚的鋼板也抵擋不了的大炮，這項成功才眞是給了他猛烈的打擊。

自九月二十三日起，石頭崗的圍欄已對大眾敞開，參觀者踴躍前來的盛況，自然是不難理解。

的確，無以數計的好奇群眾從美國各地趕來，往佛羅里達匯集。在大炮俱樂部進行工程的整整這一年內，坦帕城獲得了驚人的擴展，當時的人口數達十五萬。從港邊放眼望去，先是看到包圍在網狀交錯巷弄中的布魯克堡壘，接著，城區沿著分隔聖艾斯皮里迪灣兩個停泊場的狹長土

坦帕城：開工之後

地向前延伸，在不久以前還是荒無人煙的沙灘上，嶄新的市區、新闢的廣場、林立的房屋，都迎著美國的驕陽，紛紛興建起來。爲了建造教堂、學校、私人住宅而創立的公司比比皆是。不到一年的時間，城市的面積就擴增了十倍。

我們知道，美國佬是天生的經商人才，從嚴寒區域到酷熱地帶，不管命運把他們扔到什麼地方，他們做生意的天性都必然可以有效發揮。這就說明了爲什麼充滿好奇的普通人，他們專程來到佛羅里達觀看大炮俱樂部工程，一旦在坦帕城安頓下來，就會順著局勢做起買賣。那些被租來運送物資和工人的船舶給港口帶來史無前例的繁榮。不久之後，各種式樣，各種噸位的其他船隻，裝載著糧食、生活必需品、商品貨物，在海灣和兩個停泊場之間往來穿梭，寬敞的船公司分處和經紀人辦公室也在城裡設立，《航運報》每天都記載了新抵坦帕港的船隻。

正當道路在城的周圍增建之際，有關當局考慮到坦帕城的人口和商業的驚人成長，終於修築了一條鐵路來連接這個城市和合眾國的南方各州。鐵路從莫比爾城通往彭薩科拉這座南部大型海軍兵工廠的所在地；接著，再從這個重鎮出發，通達塔拉赫西。在那裡，已經有一段長二十一英里的鐵路可以與海邊的聖馬可斯連繫。通往坦帕城的鐵路，正是由這截鐵路延長修建而成的，它沿途經過佛羅里達中央，把那一帶的死寂、沉睡的區域一一喚醒，使這些地方充滿生機。大炮實驗的想法全是有一天，從一個人腦袋裡誕生的，多虧了這些實現計畫的奇妙工程，坦帕才能理所當然地擺出大城市的架子。大家給它取了一個綽號叫「月亮城」，而佛羅里達的首都就整個隱沒在坦帕城身後，這種像全蝕一樣的景象，在全世界每個角落都感受得到。

現在，每個人都了解德克薩斯和佛羅里達之間的競爭何以會那麼激烈，還有當德克薩斯人眼見他們的請求遭到大炮俱樂部的決定駁回時，為何會那麼憤怒了。德克薩斯人有著能預見未來的洞察力，他們早就明白一個地區能從巴比卡納進行的實驗裡獲得什麼好處，以及這樣的大炮發射所伴隨而來的利益。德克薩斯喪失了建造一座寬廣商業中心和多條鐵路的機會，也沒能迅速增加人口。所有的好處都轉落到這個卑微的佛羅里達半島上，這裡不過是一塊像棧橋一樣，被扔在海灣和大西洋浪濤之間的土地。因此，巴比卡納和墨西哥將軍聖塔．安那一樣，都受到德克薩斯人的憎恨。

然而，坦帕城的新居民雖然投身於商業和工業發展的狂熱之中，卻絕不會忘記大炮俱樂部那些有趣的工程。恰恰相反，就連計畫裡最微小的細節，十字鎬的一記敲擊，都能引發他們的熱情關注。大批群眾在坦帕城和石頭崗之間不停地來來往往，彷彿遊行的隊伍，更好的說法是，就像朝聖的行列。

已經可以預料，發射實驗進行的那天，匯集而來的參觀人數將得用好幾百萬來計算了，因為他們早已從地球的各個角落陸續前來，聚集在這塊狹窄的半島上了。這簡直就像是整個歐洲遷徙到美洲來。

不過，必須說，直到當時爲止，這些數不清的抵達群眾，他們的好奇心並未得到適當的滿足。不少期望看到鑄造景象的人，卻僅瞧見幾縷煙霧。對飢渴的眼睛來說，這實在算不了什麼。但是，巴比卡納不允許任何人參觀這項作業。於是，不滿的聲浪四起，大家都在低聲抱怨，他們責備主席，認爲他專制獨斷，聲稱他的作法不是「美國風格」。石頭崗的柵欄周圍幾乎快發生一場動亂了。而我們知道，巴比卡納堅持決定，毫不動搖。

可是，當哥倫比亞大炮完全竣工之時，就不可能禁止參觀了。況且，實在沒道理繼續關著門，更嚴重地說，若引起大眾的不滿，反而不明智。於是，巴比卡納終於打開圍欄，歡迎所有的訪客。不過，一切講求實際的他，決心利用公眾的好奇心來籌款。

能夠細細欣賞巨大的哥倫比亞大炮，算是相當不得了的事，但是，下去大炮的深處參觀，對美國人來說，似乎可說是世界上最頂級的幸福了。因此，沒有一個充滿好奇的人，會不願意享受進入這個金屬深淵拜訪一遭的樂趣。幾臺懸吊在蒸汽絞盤車上的裝置正可以滿足參觀者的好奇心。群眾間於是掀起了一陣狂熱。婦女、小孩、老人，無一不把深入炮膛底部，徹底了解巨炮的祕密當成自己的義務。下降觀光的價格是每人五美元，儘管價錢高，在正式實驗前的那兩個月裡，蜂擁而至的參觀人潮仍然使得大炮俱樂部賺了近五十萬美元[2]的收入。

---

2 相當於二百七十一萬法郎。（原文註）

不用說，第一批參觀哥倫比亞大炮的訪客是大炮俱樂部會員，將優先待遇保留給這個聲譽卓越的團體，是極爲合理的。這個隆重的儀式在九月二十五日舉行。一臺貴賓包廂載著巴比卡納主席、馬斯通、艾爾費斯頓參謀、摩爾岡將軍、布倫斯貝里上校、莫爾奇森工程師以及俱樂部裡的其他傑出會員往下降，總共十多個人。這長長金屬管的底部仍然相當熱，他們都熱得有點喘不過氣來！可是多麼高興！多麼令人陶醉的喜悅啊！在哥倫比亞大炮的基石上，早已立了一張擺有十副餐具的桌子。電燈光束把炮筒底部照得亮如白晝。一道道精緻的菜餚，彷彿從天而降，接續端到賓客面前，最好的法國酒在地下九百英尺舉辦的這場盛宴裡大量供應。

筵席的氣氛非常熱絡，甚至可說十分喧鬧，舉杯祝酒聲此起彼落，大家爲地球乾杯，爲他的衛星、爲大炮俱樂部、爲合眾國、爲月球、爲芙蓓女神、爲黛安娜女神、爲塞勒涅月神、爲這顆黑夜的星體、爲「安靜的天空使者」乾杯！所有烏拉聲，透過這支巨大音管的聲波傳遞，變得有如雷鳴一般，送抵炮筒的另一端，圍繞在石頭崗四周的群眾，他們的心緒和呼喊聲也隨著藏在巨型哥倫比亞大炮深處的賓客們一起激盪。

馬斯通再也克制不了自己，究竟是他的喊叫多於手勢，還是他喝下肚的酒多過吃進的食物，這一點很難斷定。無論如何，就算拿一座帝國做交換，他也不願意讓出自己的位子，「不行，就算是大炮填了火藥，裝好雷管，即刻發射，把他炸成碎片送上星際也不行。」

哥倫比亞大炮深處的盛宴

第十七章　一封電報

由大炮俱樂部著手進行的偉大工程，可以說已經結束了，然而，在向月球發射炮彈的那一天來臨之前，還得度過兩個月的時間。對眾人迫不及待的心情而言，兩個月聽起來簡直就像兩年一樣漫長！截至完工當下爲止，即便是工程裡最微小的細節，各家報社也會每日刊載，而人們則會貪婪的目光與熱情大肆閱讀這些報導。可是，從今以後，這一筆分發給大眾的「趣味紅利」恐怕要大幅減少了，人人都因爲不再能領取他們每日的「感動份額」而驚恐不已。

然而，事情發展並非如此。最料想不到、最不尋常、最難以置信、最不像眞實的小事，再度把氣喘吁吁的群眾引入狂熱之中，使全世界強烈地翻騰起來。九月三十日那天下午三點四十七分，經由埋在愛爾蘭的瓦倫西亞島、紐芬蘭島與美國海岸之間的電纜，轉傳來的一封電報，送達了巴比卡納主席的住處。

巴比卡納主席撕開信封，讀起電報，雖然他的自制力很強，但是，在閱讀這幾十個字的電報時，他的嘴唇變得蒼白，雙眼也模糊了。

這封電報目前存放在大炮俱樂部的檔案室，電報內容如下：

美國，佛羅里達，坦帕，巴比卡納。

請以錐形圓柱發射體代替圓形炮彈。我將乘坐其中出發。現正搭亞特蘭大號輪船赴美。

米歇勒·阿爾當

法國，巴黎，九月三十日，上午四時

第十八章　亞特蘭大號上的乘客

假如這封有如閃電一樣令人震駭的消息，不是從電線上飛來，而是裝在蓋封印的信封裡，簡單地透過郵局送來，假如法國、愛爾蘭、紐芬蘭、美國的電報局職員並不需要知道電報內容的話，巴比卡納就一刻也不會猶豫了。爲了謹慎起見，也爲了不讓自己的計畫喪失信譽，他一個字也不會透露。這封電報，特別是由一個法國人發出的，很可能隱藏著一場故弄玄虛的騙局。隨便一個人怎麼可能如此大膽，想出這樣的旅行呢？假設這個人果眞存在，比起把他關在炮彈裡，不是更應該關在瘋人院裡嗎？

可是，世人已經知道有這封電報了，因爲傳送電報的裝置本質上就無法保守祕密，米歇勒·阿爾當的提議一定早就傳遍了合眾國的大小各州，因此，巴比卡納沒有理由再保持沉默。他於是召集留在坦帕城的同事們，他沒有說明自己的想法，沒有討論這封電報是否値得採信，只是冷淡地將簡短的電報原文讀了一遍。

「不可能！——這不會是眞的！——純粹是玩笑話！——這是在嘲弄我們！——可

笑！——荒謬！」所有一連串用來表達疑慮、懷疑、愚蠢、瘋狂的詞句，在幾分鐘裡統統脫口而出，還伴隨著在這種情況下常用的手勢。每個人依性情不同，或微笑，或發笑，有的聳聳肩膀，有的哈哈大笑。只有馬斯通說了一句好話。

「這個主意倒是不壞！」他高聲說。

「是不壞，」參謀回答，「不過，只要不打算執行的話，偶爾有這樣的主意倒也無妨。」

「爲什麼不能執行呢？」這位大炮俱樂部祕書迅速地反問道，一付準備好要和人爭辯的樣子。但是，大家都不鼓勵他多說。

這個時候，米歇勒．阿爾當的名字已經在坦帕城裡散布開了。外鄉人和本地人相互對看，彼此你問我，我問你地打趣著。不過，他們取笑的對象不是那個歐洲人，那只是一個虛構人物，幻想出來的傢伙，他們取笑的是馬斯通，大家笑他居然會相信這個傳說人物眞的存在。當巴比卡納提議發射一顆炮彈到月球時，人人覺得這個實驗理所當然，實際可行，這純粹是彈道學的問題！可是，一個有理智的人提出乘坐炮彈，嘗試這趟看似無法實現的旅行，就是一個荒誕的建議，一則玩笑，一齣鬧劇，用法國人可以在通俗法語裡找到準確翻譯的詞來說，這是一場「騙人的把戲[1]」。

---

1 英文humbug意指欺騙、矇蔽。（原文註）

對馬斯通的嘲笑沒有間斷，一直持續到晚上，可以肯定，整個合眾國都在同聲狂笑，這種情況，在任何不可能實現的事業通常都能輕易找到鼓吹者、信徒，與擁護者的這麼一個國家裡，並不常見。

然而，米歇勒．阿爾當的提議，就像所有的新想法一樣，總是會讓某些才智之士感到憂心，它擾亂了慣有的情緒發展路徑。「我們沒有想到這一點！」這樣的小事故，正是因爲它本身的奇特性，很快就變成揮之不去的念頭，大家都想著它。有多少事情，在前一天還被否定，第二天就變成事實！爲什麼這個旅行不會在將來的某一天實現呢？但是，不管怎樣，願意冒這個險的人必定是個瘋子，而且，事情明確的很，既然他的計畫不可能被認眞看待，那麼，與其拿這些荒誕不經的妄想攪亂大家的心思，還不如閉口不提。

可是，首先，世上眞有這個人嗎？這是個重要的問題！「米歇勒．阿爾當」這個名字在美國倒是不陌生！冠上此名的是個歐洲人，大家經常提及他的大膽事蹟。其次，越過大西洋海底傳來的這封電報、法國人提及要搭乘的這艘輪船的名稱，以及他近期抵達的確定時間，所有這些情況都給了這項提議某種確有其事的可能性。必須要把事情弄清楚。所以沒多久，單獨的個人集合成了一個個的小團體，接著，在好奇心的驅使下，就像原子受到分子間引力而凝聚，小團體紛紛集結在一起，最後形成了密密麻麻的人群，擁向巴比卡納主席的住處。

巴比卡納自從收到電報以來，沒有提出過自己的意見。他讓馬斯通發表看法，既不表示贊同，也不予以斥責，他保持緘默，打算等著看事情的發展。可是，他忽略了群眾是沒耐心的，所以，他的眼光怏怏不平，望著聚集在他窗戶下的坦帕群眾。他們低語埋怨，大聲叫罵，很快就逼得他不得不現身。看得出來，他有知名人士該擔當的義務，因此也有知名人士會遭遇的煩惱。

所以他露面了，當下隨即一片安靜，有一位公民開口發言，單刀直入地提了以下的問題：「電報裡那個名叫米歇勒．阿爾當的人是不是已經動身前來美國了？」

「各位先生們，」巴比卡納說，「我知道的不比你們多。」

「應該要弄清楚。」

「時間會告訴我們眞相。」主席冷冷地回答。

「時間沒有權利讓整個國家處在懸宕和焦慮中，」那位演說者又發言。「你已經按照電報上

在窗前的巴比卡納

的要求，修改炮彈的設計圖了嗎？」

「還沒有，先生們。不過，你說的有理，應該要把事情弄清楚，大家的激動情緒是由電報局引起的，它會願意提供更充足的資料的。」

「到電報局去！到電報局去！」群眾高喊。

巴比卡納走下樓，領著龐大的人群，朝行政辦公處走去。

幾分鐘過後，辦公處發出一份電報給利物浦船舶經紀人公會的理事。要求他就以下的問題提出答案：

「亞特蘭大號是什麼樣的一艘船？它何時離開歐洲的？船上是否有一個名叫米歇勒·阿爾當的法國人？」

兩小時之後，巴比卡納收到令人無法懷疑的精確消息。

「利物浦的亞特蘭大號輪船已於十月二日出海，往坦帕城航行，船上有一名法國人，依據旅客登記簿上記載，他的名字是米歇勒·阿爾當。」

接到第一封電報的證實後，主席的眼睛霎時閃過一道光芒，他的拳頭緊握，只聽見他喃喃低語：

「那麼，這是眞的！所以這是可能的！眞有這個法國人！半個月後他就會在這裡！可這是個瘋子！一個腦袋狂熱的傢伙……！我絕不會同意……」

然而，當天晚上，他寫信到布萊德威爾公司，請他們在未收到新指示之前，暫時停止鑄造炮彈。

現在，要敘述全美國的激動情緒，敘述民眾之間的強烈迴響，是如何比聽完巴比卡納報告時的高昂反應還要超越十倍；要敘述合眾國各家報紙上的言論，他們接受這個消息的態度，以及他們以什麼樣的方式歌頌這位古大陸英雄的到來；要描繪每個人一小時、一分一秒地細數時間，所經歷的焦躁、興奮、不安；要使人能夠概括了解，甚或只是給個模糊的概念，去了解同一思想如何掌控著所有腦袋，而且如何令人疲乏地終日縈繞；要呈現各種不同的工作如何對同一件事情讓步的景況，工程停止，買賣中斷，準備啓航的船隻仍舊定錨在港口，全爲了不錯過迎接亞特蘭大號的機會，一隊又一隊的商船來時滿載乘客，回程空蕩蕩，蒸汽船、郵輪、遊艇，及各種大小不同的快艇在聖艾斯皮里迪灣裡川流不息；要計算這些成千上萬的好奇群眾，他們使坦帕城人口在半個月內增加爲原來的四倍，許多人因此不得不像作戰的軍隊一樣，搭起帳棚野營。總而言之，要做出以上這種種敘述、描繪、解釋、估算，實在是一件遠超乎人類力量之上的工作，只有大膽莽撞的人才可能會去做。

十月二十日上午九點，巴哈馬海峽的信號臺指出遠方天際有一杜濃煙。兩小時之後，一艘大蒸汽輪與信號臺交換了相互確認的訊號，亞特蘭大號這個名稱立即傳送到坦帕城。四點，這艘英國輪船駛進聖艾斯皮里迪灣的停泊場。五點，它加足馬力，全速穿越西利斯柏侯停泊場的水道。六點鐘時，在坦帕港拋下錨。

船錨還沒有鉤住沙石海底，已經有五百艘圍繞著亞特蘭大號的小船，對這艘蒸汽輪船展開猛烈攻勢。巴比卡納第一個跨過舷牆，用無法克制的激動聲音喊道：

「米歇勒．阿爾當！」

「在！」一個人從艉樓上回答。

巴比卡納雙臂交叉，閉著嘴，帶著詢問的眼神注視這位亞特蘭大號的乘客。

此人四十二歲，個子高，但是就像肩上背負著陽臺的女像柱一樣，已經有些駝背了。他那十足雄獅模樣的大腦袋，不時搖晃著一頭宛如獅鬃般的火紅色頭髮。臉孔短，鬢角寬闊，唇上鑲著像貓鬚一樣往上翹起的小鬍子，雙頰長滿一小撮一小撮的黃毛，一對圓圓的近視眼，目光有些迷濛，這些臉部特徵搭配在一起，使他的相貌更是像極了貓科動物。但是，他的鼻子線條果敢，嘴型特別富有人情味，高高的，聰穎的額頭滿布皺紋，彷彿一塊從不會任其荒蕪的田地。最後，他那發育健壯的上半身，垂直挺立在兩條長腿上，肌肉結實的雙臂是接合良好的強力槓桿，舉止堅定，這一切都讓這名歐洲人看上去就是個身材健壯、朝氣蓬勃的男子漢，借用冶金術的詞語來說，他「不是金屬熔化澆鑄成的，而是千錘百鍊鍛造出來的」。

拉法泰爾或葛拉迪歐雷[2]的門徒肯定能從這個人的顱骨和容貌上，辨識出無可置疑的鬥志記號，也就是能在危險中保持勇氣，致力粉碎困難的意向；此外，還能看出仁慈親切與嚮往神奇卓越的記號，這種本能會使人擁有某些特殊氣質，熱愛超出常人的非凡事物；但是，另一方面，利益追求的標記，代表對佔有和獲取的需求——隆骨，他完全缺乏這項特徵。

為了完成對這位亞特蘭大號乘客身體外貌的描述，我們還應該指出他的衣服寬大，袖籠廣，穿脫容易，他的長褲和外套都用了許多額外的織布來加寬，連米歇勒．阿爾當本人也給自己取了一個綽號叫「衣料殺手」。他的領帶打得很鬆，隨意敞開的襯衫領口下露出強健的脖子；從總是不扣的袖口伸出來的，是一雙煩躁不安的雙手。感覺得到，即使在最寒冷的冬天，面對最艱難的危險，這個人也從來不覺得冷，就連眼睛裡也找不到一絲寒意[3]。

另外，他在輪船甲板上、在人群中，走來走去，從不曾停留原地，正如水手們所說的，他是「船走錨了[4]」，他指手畫腳，對任何人都只用「你」來稱呼，貪婪又帶神經質地啃咬自己的手指甲。他是造物者心血來潮時創造出來，卻又隨即把模子打碎的那種怪人其中一位。

---

2 拉法泰爾（Johann Kaspar Lavater, 1741-1801），十九世紀瑞士的神學家和德文作家，因相面術的著作而聞名於世。葛拉迪歐雷（Louis Pierre Gratiolet, 1815-1865）十九世紀法國的解剖學家與人類學家，也專精相面術。

3 法文的片語「眼睛不覺得冷」，用來形容人果斷、膽子大。

4 停泊的船隻因為風浪、水流等外力作用，導致船錨未能抓牢水底，船隻於是拖著錨四處漂動。

的確，米歇勒．阿爾當的精神人格，爲分析家提供了多樣化的觀察場域。他是個讓大家驚奇的人物，始終活在慣於誇張的狀態中，動不動就用極限值來看待事物。物體顯現在他的視網膜上，總有超乎尋常的大體積，由此連結到了偉大的觀念；他把所有事都看得偉大，唯獨困難和人類除外。

米歇勒．阿爾當

再者，這個人感情洋溢，是天生的藝術家，有才智的單身漢，他不會有如步槍掃射似的說出一連串機智妙語，反倒比較像是狙擊手，一槍擊中要害。在討論問題時，他鮮少在乎邏輯，反對形式上的推論，不喜歡使用三段論法，他有著自己的一套辯論訣竅。他也是個十足的爭辯能手，善於拿對方的言論，朝著對方當胸擲去，往往穩中標的；他喜歡使出一切本領替毫無希望的訴訟案極力辯護。

在多種癖好中，他特別跟莎士比亞一樣，都聲稱自己是「天底下最無知的人」，他總是看不起科學家。「這些人，」他說，「只不過是懂得在我們玩牌時記下點數罷了。」總之，他是在充滿著高峰與驚奇的國度裡的一名流浪漢；充滿冒險精神，卻不是四處尋找險難的海盜；不是膽大妄爲的冒失鬼，不是那位駕著太陽馬車全速飛奔的費頓[5]，也不是帶有替換翅膀的伊卡洛斯[6]。此外，他凡事挺身而出，慷慨大方，全力以赴，總是昂首無畏地投身於瘋狂事業中，其破釜沉舟的決心勝過亞加托克雷[7]，隨時準備好要做一切犧牲，結果也總能在摔下時雙腳安然落地，逃過難關，就像孩子們愛玩的接骨木小木偶一般。

他的座右銘可以用如下五個字來表示：「堅持做自己！」他對不可能的事物的愛好，正可以用波普[8]的一個美妙詞語來形容，那是他的「首要熱情」。

5 費頓（Phaéton），希臘神話中的太陽神之子。為了向同伴炫耀自己的身世，乃駕著父親的太陽馬車外出，卻因不熟悉馬性，釀成天地大火，後被宙斯以閃電擊斃。

6 伊卡洛斯（Icare），希臘神話中著名建築師代達洛斯（Daedalus）的兒子，父子倆用蜜蠟沾上羽毛製成翅膀，企圖飛離克里特島的監獄，途中伊卡洛斯飛得太高，雙翼被太陽融化，落入海中喪生。

7 亞加托克雷（Agatholès），古希臘時代西西里島著名的君王，在某次戰爭中，為了避免其帶領的士兵逃跑，命令手下將所有的船艦燒毀，表示戰鬥的決心。

8 波普（Alexander Pope, 1688-1744），十八世紀的英國詩人，根據牛津引文辭典記載，在最常被引用的作家中，他排名第二，僅次於莎士比亞。

但是，這個矯健、大膽又愛冒險的男子，有多少缺點是伴隨著他的優點而來的呀！俗語說：「不冒險就什麼也得不到。」阿爾當經常冒險，卻並沒有因此累積較多的財富。他是一個愛揮霍錢財的人，就像是達娜伊特的無底酒桶[9]。再說，他為人完全沒有私心，他經常有一時興起的熱情，也經常因一時衝動而行動，樂於助人；有騎士風度，就算是對他最殘酷的敵人，他也不會無故簽下對方的「絞死同意憑單」；為了贖一個黑人，他可以賣身為奴。

在法國，在歐洲，人人都認識這個愛喧鬧的傑出人物。那個讓荷諾美女神[10]發出一百個聲音，直到嗓子嘶啞都不停談論的人，不正是他嗎？那個生活在玻璃屋裡，把全世界的人當成密友，傾吐出最隱蔽的祕密的人，不也是他嗎？但也因此，他擁有數量驚人的仇敵，其中一些是他撐開手肘想從人群裡擠出通路時，或多或少碰撞、傷害，不留情地推倒的人。

不過，一般說來，人們是喜歡他的，把他當作一個被寵壞的孩子。用通俗的詞語來說，就是「要不就是朋友，要不就是敵人」那一類型的人，而大家都選擇和他做朋友。每個人都關心他那些大膽的事業，都帶著擔憂的眼神追隨他的一舉一動。大家知道他是多麼大膽，多麼不知謹慎！當某位朋友預先告訴他即將發生災難，想要攔阻他時，他總是露出討人喜歡的微笑，回答：「只有樹木著火了，森林才會燃燒起來。」他不知道自己引用的是阿拉伯諺語中最美麗的一則。

這位亞特蘭大號的乘客就是這樣的一個人，他始終十分躁動，彷彿內在有一把火在驅動著，讓他終日熱血沸騰，始終情緒激動。這並不是因爲他來美國要做的那件事情（他連想都沒去想），而是因爲他本身十分燥熱的身心結構。假若有哪兩個人能提供鮮明的對比，那應該就是法國人米歇勒·阿爾當和美國佬巴比卡納了，然而，這兩位都同樣勇於冒險，大膽、果敢，只不過表現方式各自不同。

大炮俱樂部的主席出神地凝望著這個使自己退居次要地位的競爭對手，但是他的沉思很快就被群眾的烏拉聲和喝采聲打斷。人群的歡呼是那般瘋狂，他們對米歇勒·阿爾當的個人仰慕是如此熱烈，使得這個法國人和成千人握手時，差點兒抽不回他的十隻手指頭，最後他不得不躲進艙房裡避難。

巴比卡納跟隨在他身後，一句話也沒說。

「你是巴比卡納？」米歇勒·阿爾當在只剩下他們兩人時，立即問道，他的口氣好像和一個二十年的老朋友說話似的。

「是。」大炮俱樂部的主席回答。

---

9 達娜伊特（Danaïdes）是埃及王達那俄的一群女兒的總稱。她們在新婚夜殺死了自己的丈夫，因而遭到天神處罰，強迫她們不停地把水倒進一個永遠也盛不滿的酒桶中。

10 荷諾美（Renommée）希臘神話中掌管傳聞和謠言的女神。據說她身上長有無數的眼睛和嘴巴，讓她可以看見、聽見凡人的祕密，並加以傳播。

「啊！你好，巴比卡納。你過得可好？很好嗎？太棒了！太棒了！」

「所以，」巴比卡納單刀直入地說，「你是決定要出發了？」

「完全決定了。」

「什麼事都不會讓你改變主意了嗎？」

「什麼事都不能。你是不是已經按照我電報上的要求，修改炮彈的形狀了？」

「我正在等你到達。可是，」巴比卡納執意又問了一遍，「你已經考慮清楚了嗎？」

「考慮！我還有時間可以浪費嗎？我找到去月球走一遭的機會，就抓住機會，如此而已。我覺得這件事不需要太多考慮。」

這個人談起他的旅行計畫，態度相當輕率，那樣毫不在意，完全無憂無慮，讓巴比卡納不由得猛盯著他看。

「可是，」他說，「你至少有一個計畫，和一些執行的方法吧？」

「我有的是絕妙方法，親愛的巴比卡納。不過，請容我提出我的看法：我希望把我的事對所有人講一遍就好，一次就解決。免得重複一說再說。所以，除非你有更好的主意，不然，請你召集你的朋友們、同事們、全城的人、整個佛羅里達的人，假如你願意的話，召集全美國的人來，我準備在明天向大家闡述我實行計畫的方法，同時回答一切反對意見。請放心，我會堅守立場，毫無畏懼地等著大家。你看怎麼樣？」

「正合我意。」巴比卡納回答。

談到此，主席走出艙房，把米歇勒．阿爾當的提議告訴群眾。聽過他的話，大家都高興地又是跺腳，又是歡呼。這樣一來，所有的困難一下子都解決了，明天人人都可以盡情地欣賞這位歐洲英雄。不過，有幾個最固執的觀眾還是不願意離開亞特蘭大號的甲板，他們在船上待了一夜。馬斯通就是其中一人，他把他的鐵鉤手緊緊扣在艉樓的欄杆上，若不用絞盤就無法把他帶走。

「這是個英雄！一個英雄啊！」他用各種口氣不停地說了又說，「和這個歐洲人比起來，我們都不過是軟弱的女人！」

至於主席，他敦促來訪人群下船之後，又走進那位乘客的艙房，一直到船上的鐘敲響午夜一刻才離開。

不過，當兩位人氣勁敵彼此熱情地握著手時，米歇勒．阿爾當也毫不拘束地用「你」來稱呼巴比卡納主席了。

第十九章　大集會

第二天，對沒耐心的公眾而言，白晝的星體起身得太遲了，大家都覺得這個必須負責照亮這樣一個節慶的太陽，實在是太懶惰了。巴比卡納擔心群眾會向米歇勒・阿爾當提出過於冒失的問題，原本想限制聽眾的人數，只允許一小群同一學派的人參加，比方說，他的俱樂部同事們。可是，這就像嘗試築一道堤壩攔阻尼亞加拉河[1]一樣，是完全無效的。因此，他只得放棄本來的計畫，讓他的新朋友在公共會議上碰碰運氣。坦帕城交易所新蓋的大廳，儘管場地極廣闊，但是要舉辦這樣一個莊嚴的大會，仍嫌不足，因爲預定的聚會有著眞正群眾大集會的規模。

大會的地點於是選在位於城外的一片寬廣空地上。人們才花了幾個小時，就把會場上的陽光遮了起來。港口的船隻擁有不少船帆、索具、桅杆、備用船具、桁柱，提供了搭建巨型帳篷的必要配備。沒多久，一張巨大的帆布鋪展在被陽光烤焦的草原上，擋住了白天的炎熱。三十萬人在這裡找到座位，他們不顧令人窒息的高溫，一連幾個小時等待著法國人的到

大集會

來。這群觀眾的前三分之一可以看見和聽見演講人，接下來的三分之一，看得就不那麼清楚，而且完全聽不到聲音，最後的三分之一，既看不到，也聽不見，然而他們並不因此吝惜給予熱切的掌聲。

三點時，米歇勒．阿爾當就在大炮俱樂部幾個主要會員的陪同下出現在會場。他右臂挽著巴比卡納主席，左臂搭著馬斯通，顯得比正午的日光還要更光彩耀人，他的那張臉幾乎就和太陽一樣火紅。阿爾當站上講臺，他的目光從這個高度推向眼前這片布滿黑色禮帽的人海。他看起來一點也不窘迫，沒有裝腔

1 尼亞加拉河（le Niagara），美國和加拿大的交界河，水量豐沛，下游處形成舉世聞名的尼加拉大瀑布（les Chutes du Niagara）。

作勢，他站在臺上，就像在自己家裡一樣，快活、隨意，討人喜愛。面對迎接他的烏拉聲，他優雅地回禮致意，接著，就以手勢要求大家安靜，他用英語發言，而且表達得極為正確。他開始說道：

「諸位先生，天氣非常熱，我要耽擱大家一些時間，對這個你們也許感興趣的計畫做幾項說明。我既不是演說家，也不是科學家，我並沒有對公眾公開講話的打算，但是我的朋友巴比卡納對我說，這樣做可以使你們高興，我就願意竭盡所能來做。那麼，請張開你們六十萬隻耳朵聽我說，也敬請原諒發言者語言上的錯誤。」

這樣不做作的開場白受到在場所有人士的熱烈歡迎，一片廣泛的滿意低語聲正表示出他們內心的歡喜。

「先生們，」他又說，「不管贊成或不贊成的意見都歡迎提出，我一概不限制，就和大家這麼約定。現在我開始來談我的旅行計畫。首先，請大家不要忘記，和你們講話的人是一個無知者，而他是如此無知，以至於他甚至不曉得什麼是困難。所以，在他看來，乘坐炮彈出發到月球是一件稀鬆平常、自然而容易的事。這趟旅行遲早都會實現，至於要採用何種運輸方式，只需依照進步的規律就行了。人類最初用四隻爪子開始旅行，然後，有一天，用兩隻腳；接著，駕二輪馬車、四輪馬車、有篷馬車、大型驛車，隨後是火車。好吧！像炮彈一般的發射體，正是未來的車子。說眞的，行星也不過就是這類的發射體，是造物者用手拋擲出來的普通炮彈。但是，讓我們回頭再來談談我們的交通工具。各位先生，你們之中有一些人可能會認爲，炮彈所承受的速度太快了。沒有這回事，所有星體的速度都勝過它。地球本身，帶著我們環繞太陽公轉時的速度是炮彈的三倍。這裡還有幾個例子。不過，我請求你們允許我以法里來計算，因爲我對美國的度量衡不太熟悉，恐怕會混淆了。」

這個要求似乎很容易理解，沒有遭遇任何困難，聽眾就接受了。演說者繼續他的講詞：

「先生們，以下是不同行星的運轉速度。我不得不承認，我雖然無知，對這個天文學上的細節卻知道得非常清楚，不過，用不著兩分鐘，你們就會和我一樣有學問了。現在，請大家聽聽，海王星的速度是每小時五千法里；天王星，七千法里；土星，八千八百四十八法里；木星，一萬一千六百七十五法里；火星，二萬二千零十一法里；地球，二萬七千五百法里；金星，三萬二千一百九十法里；水星，五萬二千五百二十法里；某些彗星在他們的近日點時，速度可達一百四十萬法里！而我們，十足愛閒蕩的人類，一群不慌不忙的人，我們製造出來的速度不超過九千九百法里，而且還會越來越減少呢！請問大家，這上頭是否有令人著迷之處？顯然，將來有一天它仍會被更大的速度所超越，而這個速度的原動力很可能是光能或者電能，這一切不是很明顯嗎？」

看來，沒有人會對米歇勒．阿爾當的這番充滿肯定的言論提出質疑。

「親愛的聽眾，」他接著說，「依照某些目光如豆的人的說法，這個形容詞正適合這些人，人類將被禁錮在不能跨越的波琵里烏[2]之圈裡，被迫在這個星球上默默生活，永遠無法投入行星間的宇宙！這絕非實情！我們將會到月球上去，到行星上去，到恆星上去，就如同我們今日從利物浦去紐約一樣，方便、快捷、安全。我們很快就能穿越大氣層這片汪洋，還有月球上的海洋！距離不過是一個相對的名詞，最後終將會歸零。」

與會的聽眾，儘管在情緒上深受這位法國英雄所感動，但是面對他這篇大膽的理論，仍有些驚訝和困惑。米歇勒．阿爾當似乎看出了這一點。

「正直的主人們，」他帶著和藹的微笑又說，「你們好像不怎麼信服，好！我們來推究一下。你們可知道一列特快火車到達月球要花多少時間嗎？三百天，不會再多。一趟八萬六千四百一十法里的行程，算得了什麼呢？甚至還不到繞地球九圈的里數，任何一個船員，任何一位活躍的旅行家，在一生中都走過比這更多的路程。因此，請想想看，我只要在路上度過九十七小時就能到月球！啊！你們認為月球離地球很遙遠，必須再三考慮才能開始從事冒險！但是，如果是要前往距離太陽十一億四千七百萬法里遠的海王星，你們又會怎麼說呢！假設每公里只要價五蘇[3]，能夠進行這趟旅行的人，也是少之又少呀！羅斯柴爾德男爵[4]就是用他的十億家產，也付不起旅行的票價，缺少了那一億四千七百萬的尾款，就只好讓他停留在半路上了！」

在場群眾似乎很喜愛這樣的推論方式。何況，米歇勒．阿爾當一心只專注思考自己的題目，正活力充沛，奮不顧身地投入在論述當中，他感覺大家正貪婪地聽他演講，於是便帶著令眾人激賞的自信繼續說下去：

「很好！朋友們，如果我們拿海王星到太陽的距離，與恆星之間的距離相比，那就更微不足道了。實際上，要估計這些恆星間相距多少，必須進入一個讓人目眩神迷的計數領域，其中最小的數目有九位數，而且是以億做爲計算單位。請大家原諒我對這個問題談得如此精細，不過，它也確實是非常引人入勝的。請聽我說過後，再做判斷！半人馬座距離太陽八萬億法里，織女星五十萬億法里，天狼星五十萬億法里，大角星五十二萬億法里，北極星一百一十七萬億法里，山羊座一百七十萬億法里，還有其他恆星距離幾千、幾百萬、幾億個億法里！而我們卻在談論行星和太陽間的距離！而且還確信這個距離是存在的！錯誤啊！虛假啊！感覺上的謬誤啊！你們知道我對這個太陽系，這個開始於一顆耀眼的恆星，止於海王星的太陽系有什麼看法嗎？你們願意了解我的主張嗎？這個理論相當簡單！對我而言，太陽系

2 波毘里烏（Caius Popillius Laenas）是古羅馬的議員兼外交家。他為了解決衝突，曾手執木棍在地上畫一個圈子圍住敘利亞國王，並警告對方除非明確答覆羅馬人民的要求，否則禁止越過界線。

3 法國舊時的輔幣名稱，一蘇相當於二十分之一法郎。

4 羅斯柴爾德家族是十九世紀時，世界上最富有的家族。

是一個均質的固體，組成這個星系的幾個行星相互擠壓、碰觸、黏貼在一起，行星之間的空間大小也只不過是和質地最密實的金屬，例如銀或鐵、金或鉑的分子間的距離一樣！因此，我有權利斷定，而且我要以讓所有人深刻信服的認眞態度重複說：『距離是一個空洞的字眼，距離不存在！』」

「說得好！眞是妙啊！烏拉！」大會的全體聽眾受到演說者的姿態、腔調以及他想法中的大膽特質所激勵，都異口同聲地叫喊起來。

「對！距離不存在！」馬斯通比其他人更用力地高聲疾呼。

由於動作猛烈，難以控制身體往前衝的力道，米歇勒·阿爾當差點兒從講臺的高處跌到地上。不過，他還是重新取得平衡，避免摔跤，否則這突如其來的一摔，可能就要粗暴地向他證明，距離不是一個空洞的字眼了。隨後，這位激奮人心的演說者又繼續他的論述。

「朋友們，」米歇勒·阿爾當說，「我想這個問題現在已經解決了。假如我沒有說服所有人，那是因爲我的引證不夠大膽，提出的論據不夠強，這必須歸咎於我在理論研究上的不足。無論如何，我要再向你們重複，地球到它的衛星之間的距離實在微不足道，不值得一個思想嚴肅的人去過度關注。如果我說不久的將來，將會建造出炮彈列車，載我們方便地到月球上旅行，我相信也不會言過其實。這樣的火車既沒有碰撞，不會搖晃，也不必擔心出軌，旅客不感覺疲勞，就一路快速直達目的地，以你們獵人的用語來說，就是『像蜜蜂飛行似

朝月球出發的炮彈列車

的』筆直不繞路。不到二十年，地球上就會有一半的人已經造訪過月球了！」

「烏拉！爲米歇勒．阿爾當歡呼！」在場的群眾呼喊，就連那些不怎麼信服他的人也跟著大叫。

「爲巴比卡納歡呼！」演說者謙虛地回答。

這一句向實驗發起人表達感激的話，受到眾人一致的掌聲歡迎。

「現在，朋友們，」米歇勒．阿爾當接著說，「假如你們有問題要對我提出，顯而易見，你們會把我這樣一個可憐人困住了，不過，我還是會盡力回答你們。」

直到目前爲止，大炮俱樂部的主席應當對這場大會的討論走向感到十分滿意。當中提到的都是純理論，米歇勒．阿爾當想像力豐富，表現非常亮眼。現在，必須阻止他轉向實際的問題，毫無疑問，他在這方面是較難以應付自如的。巴比卡納趕緊發言，他問他的新朋友是否認爲月球或行星上有人居住。

「高貴的主席，你向我提出的可是一個大難題，」演說者面露微笑地回答，「然而，假如我沒有弄錯的話，一些才智出眾的人，如普魯塔克、斯威登堡[5]、貝爾納丹．德．聖皮埃爾[6]，以及許多其他的博學者都表示過肯定的答覆。假如把我放在自然哲學家的角度來看問題，我的看法會和他們相同。我認爲這個宇宙間不存在沒有用的東西，老友巴比卡納，若從另一個面向來回答你的問題，我要肯定地說，假如不同的天體世界是可以居住的，那麼現在、過去，或者將來都會有人居住在上面。」

「非常好！」前幾排的觀眾高聲說，他們的意見對最後幾排的人來說，有著法律一般的效力。

「沒有人能回答得更恰當、更合乎邏輯了，」大炮俱樂部主席說。「那麼，問題可以理解成：所有天體上是不是都可以居住呢？在我這方面，我相信是可以的。」

「而我呢，我十分肯定可以住人。」米歇勒．阿爾當回答。

「可是，」與會群眾中有一個人反駁道，「還是有一些論據反對所有天體都能住人的說法。顯然，在大部分的天體上，必須先改變生存的條件才行。就只拿行星來說，隨著星體距離太陽的遠近，居住在上面的人必然會被凍僵，或被燒傷。」

「可惜我本人並不認識這位可敬的反對者，」米歇勒．阿爾當回答，「因爲我要試著回答他的問題。他的反對意見相當有價值，不過，我認爲我們能夠成功地駁倒這個意見，以及所有主張天體上無法居住的學說。假如我是物理學家，我會說，只要能在鄰近太陽的

5 斯威登堡（Emanuel Swedenborg, 1688-1772），十八世紀瑞典著名的科學家、哲學家、神學家。

6 貝爾納丹．德．聖皮埃爾（Bernardin de Saint-Pierre, 1737-1814），十九世紀法國的作家、植物學家。

行星上，減少運動耗用的熱能；相反地，在離太陽較遠的行星上，增加運動耗用的熱能，這個簡單的現象就足以使熱力保持平衡，像我們這樣的有機生物，也就能適應這天體上的溫度了。假如我是個博物學者，我會告訴他，根據許多傑出科學家的觀察，地球上的大自然提供了不少動物在不同居住條件裡生活的實例。在其他動物無法存活的環境裡，有些魚類卻可以自在呼吸；兩棲動物有著相當令人難以理解的雙重生活；某些海洋裡的生物能在極深的水層維持生命，承受五、六十倍的大氣壓力卻不會被壓碎；種類互異的水生昆蟲對溫度毫無感覺，牠們能出現在沸騰的泉水裡，也能出現在極地海洋的冰原裡；最後，我們必須知道自然界有著各式各樣的生命運作方式，人們經常無法理解，但這些運作方式卻眞實存在，甚至到達無所不能的程度。假如我是化學家，我就要向他談談隕石，這種明顯是在地球以外的地方形成的物體，經過分析之後，測出它們含有碳的痕跡，這是不爭的事實，而這類物質只能源自於有機生物，根據雷森巴可[7]的實驗證明，這必定是一種從『動物質』轉化而來的物質。最後，假如我是神學家，我會對他說，依據聖保羅[8]的說法，基督救世的神聖恩典似乎不僅賜予地球上的眾生，也普及所有天體上的存在物。不過，我既非神學家，也不是化學家、博物學家、物理學家。我對支配宇宙的偉大法則一無所知，因此，我只能回答：我不知道天體上是否有人居住，而正因爲我不知道，所以我要去那上面瞧一瞧！」

那位反對米歇勒·阿爾當的理論的人有沒有再嘗試提出其他論據呢？實在無法斷定，因爲群眾的瘋狂叫喊聲早已使任何意見都難以發聲了。直到離講臺最遠的人群也安靜下來之後，得意的演說者才補充了以下幾點意見：

「正直的美國人民們，你們相當清楚，我僅僅觸及了這樣一個大問題的表面，我來此地並不是要給大家講課，爲有關這個內容豐富的主題做論文答辯。還有另外一系列論據是支持天體上可以居住的，我暫且略過不談，只想請大家容許我強調一點。對於那些主張行星上無法居住的人，應該這樣回答他們：假如能拿事實證明地球是所有可能存在的世界裡最好的一個，那麼你們可能是對的；但是，不管伏爾泰[9]曾經對這個問題談過什麼，卻沒有人眞正提出過證明。地球只有一個衛星，而木星、天王星、土星、海王星都有好幾個衛星供他們支配，這是不可輕忽的好處。而使地球住起來特別不舒適的原因，在於地球的軸心與運行的軌道傾斜。因此白晝和夜晚不一樣長，令人不快的四季變化也是由此產生的。在我們居住的

---

7 雷森巴可（Carl Reichenbach, 1788-1869），十九世紀德國化學家。

8 聖保羅（Saint Paul, 5-67），基督教裡最偉大的傳教使徒之一，新約聖經中有一大部分是由他撰寫。

9 伏爾泰（Voltaire, 1694-1778），十八世紀法國最具影響力的作家、哲學家。他曾在作品《憨第德》（Candide）中強烈批評地球是人類最理想住所的說法。

這顆倒楣的橢球體上，天氣不是太熱，就是太冷；冬天裡大家都會凍僵，夏天卻快被烤焦了；這是個感冒、鼻炎、胸腔炎症盛行的行星。然而，以木星爲例，它的軸心傾斜角度非常小[10]，居民可以享受終年不變的溫度，那兒有永遠不變的春天地帶、夏天地帶、秋天地帶，和冬天地帶。每一個木星居民可以選擇他喜愛的氣候，一輩子都免去溫度變換的煩惱。你們無疑會同意木星比我們的行星優越，還不用提它的一年等於地球的十二年呢！此外，對我而言，顯而易見地，在這事事吉利，生存條件絕佳的情況下，這個幸運世界裡的居民都是高人一等的存在體，這裡的學者更有學問，藝術家才華更出眾，壞人更不惡毒，好人更加善良。唉呀！要臻至完美境界，我們的橢球體究竟還缺少什麼呢？一丁點大的小事！只要把運轉的軸心和軌道平面傾斜的角度變小就可以了。」

「好啊！」一個激動高昂的聲音叫道，「讓我們聯合心力，一起創造幾臺機器，把地球的軸心豎直起來吧！」

聽到這個提議，會場爆出如雷的掌聲，說這段話的人正是馬斯通，也只可能是他。這位性格衝動的祕書很可能被他工程師的本能所驅使，才大膽提出這個極需勇氣的提議。但是，必須提醒大家，因爲事實也的確如此，許多人只是用他們的叫喊聲支持他。毫無疑問，假使能取得阿基米德[11]要求的支點，美國人一定會建造一支能夠扛起地球，豎直地球軸心的槓桿。不過，這些勇猛大膽的機械學家所缺少的，正是這個支點。

不管怎麼說，這個「無比切合實際」的點子獲得了極大的成功，討論大會就此暫停了足足一刻鐘。過了很久、很久之後，整個美利堅合眾國都還在談論這個由大炮俱樂部常任祕書所提出的強力建議。

10 木星的軸心傾斜於軌道平面的角度只有三・五度。（原文註）

11 阿基米德（Archimède, 287 BC – 212 BC），古希臘著名的數學家、物理學家、工程師，也是槓桿原理的發明人，他在比喻自己對機械的透徹了解時曾說過：「給我一個支點，我可以舉起整個地球。」

第二十章　抨擊與反駁

馬斯通的提議是一則小插曲，似乎應該結束討論會了。我們很難找到比這更好的「閉幕詞」。然而，會場中的騷動才剛平靜，就聽見一個宏亮嚴肅的聲音說出下面這段話：

「現在，演說家已經盡興發揮了想像力，他是不是願意進入論述的主題，少說理論，多談他這次遠征的實際部分？」

所有人的目光都轉向說話者的身上。這個人瘦削、乾癟，卻有一張活力充沛的臉，下巴蓄著濃密的美式鬍子。他利用先前會場裡發生的幾次不同混亂，早已慢慢移到前排觀眾之列。在那裡，他雙臂交叉，目光明亮而大膽，以不可動搖的堅定姿態，緊盯著這場大會的英雄。他提出要求以後便沉默不語，對於匯聚在他身上的成千道目光，以及他的發言所激起的低聲指責，他似乎都不爲所動。見問題沒有很快得到答覆，他又用同樣清晰明確的語調重新詢問了一次，隨後又加上一句：

「我們在這裡要討論的是月球，而不是地球。」

「你說的沒錯，先生，」米歇勒・阿爾當回答，「剛才的討論已經離題了。讓我們再回來談月球。」

「先生，」陌生人接著說，「你聲稱我們的衛星上有住人。好。但是，假如眞有月球人，這些人肯定不必呼吸就能活，因爲，月球表面一點空氣分子也沒有，我是爲你好，才這樣預先提醒你。」

聽到這個斷言，阿爾當挺直他那頭髮像野獸鬃毛似的腦袋；他明白自己和這個人將要針對問題的核心展開唇槍舌戰。輪到他緊緊盯著對方，他說：

「啊！月球上沒有空氣！請問，是誰這麼認定的？」

「科學家。」

「眞的嗎？」

「眞的。」

「先生，」米歇勒又說，「我們不說玩笑話，我對有學問的科學家有無上的敬重。但對於那些沒有學問的科學家，我是非常瞧不起。」

「你可認識屬於後面這一類的科學家？」

「特別知道幾位。在法國，就有一位主張『嚴格來說，鳥不會飛』，另外一位用幾個理論證明魚天生不適合活在水中。」

「我所說的科學家不是這類型的人物，先生，有關支持我的想法的科學家，我可以舉幾個你無法否認的名字。」

「那麼，先生，你可就讓一個無知者感到萬分爲難了，再說，這個無知的人只求能增長見聞呢！」

「假如你沒有研究過這些科學問題，爲什麼你還要談它們呢？」陌生人相當粗暴地質問。

「爲什麼！」阿爾當回答，「原因就在於不知道危險的人永遠是勇敢的！我什麼也不知道，這是實情，不過，正是我的弱點使我充滿力量。」

「你的弱點直達瘋狂的地步，」陌生人怒氣沖沖地叫道。

「哈！最好是如此，」法國人反駁，「假如我的瘋狂能把我帶到月球上，那就太好了！」

巴比卡納和他的同事都狠狠地瞪著這個大膽前來阻礙他們計畫的不速之客，彷彿想用眼睛吞下他似的。沒有人認識這個人，開場就如此坦白的辯論將會如何接續，主席對此感到相當不放心，他神色憂慮地望著他的新朋友。在場人士都十分專注，而且極度不安，因爲目前的爭辯使他們留意到執行遠征的可能性受到威脅，甚至眞的無法實現了。

「先生，」米歇勒·阿爾當的對手接著又說，「能證明月球周圍絕對沒有大氣的理由很多，每個都不容置疑。我甚至可以在一開始就說，即使這個大氣曾經存在過，也早就被地球吸光了。不過，我更希望用無法否認的事實來反駁你。」

「請說，先生，」米歇勒・阿爾當禮貌周到地回答，「請盡情地反駁我吧！」

「你知道，」陌生人說，「當光線穿越像空氣這樣的介質時，會偏離原來的直線，換句話說，它們受到折射作用。但是！當發亮的恆星被月球遮蔽，它們射出的光線擦過月盤邊緣的時候，從來沒有偏離直線，也沒有發生過半點折射的細微痕跡。由此可以得出明顯的結論，月球的周圍沒有覆蓋大氣。」

大家都注視著法國人，因爲一旦承認這個觀測，就會有嚴重的後果。

「老實說，」米歇勒・阿爾當回答，「就算這不是你唯一的論據，也確實是你的最佳論據了。一個科學家或許會難以答

抨擊與反駁

覆，我呢，我要單單對你說這個論據沒有絕對性，因爲它假定月球的角直徑已經完整確立，而事實上並沒有。不過，我們暫時不去談它，請告訴我，親愛的先生，你是否承認月球表面有火山。」

「有死火山，但沒有活火山。」

「然而，請允許我，在不超出邏輯界線的範圍內，允許我相信，這些火山在某段時期曾經相當活躍過！」

「這是肯定的，但是它們能夠自己供給燃燒時必要的氧氣，火山爆發的事實完全無法證明月球大氣層的存在。」

「那好，咱們先別談這個，」米歇勒．阿爾當回答，「就先把這一類的論據擺一邊，來談談直接的觀察。不過，我先告知你，我會提出幾個名字爲例。」

「你請提吧。」

「我這就開始。一七一五年，天文學家魯維勒和哈雷觀測五月三日的日全蝕，注意到月球表面有某些奇怪的閃光，這種一閃即逝的火花，經常重複出現，他們認爲這是月球大氣層裡發生的暴風雨。」

「在一七一五年，」陌生人駁斥道，「天文學家魯維勒和哈雷把一些純粹是地球上的現象，看成是月球上的現象，例如火流星之類的就是在我們的大氣層裡發生的。在他們發表這個所謂事實的時候，當時的科學家就這樣回答他們，我的回答也和那些科學家一樣。」

「我們也不多談這個，」阿爾當回答，他並沒有因對方的反駁而神色激動，「赫雪爾在一七八七年時，不是曾經觀察到月球表面有很多發亮點嗎？」

「一點也沒錯，但是他並沒有解釋這些發亮點的原因，赫雪爾本人也不曾因為這些光點的出現，就下結論說月球大氣層必然存在。」

「你回答得很好，」米歇勒．阿爾當誇讚他的對手，「看得出來，你對月球學很有研究。」

「是很有研究，先生，我還要再補充一點，最有才幹的觀測家，比爾和蒙德雷爾，也對這個黑夜星體做過極深入的研究，他們兩人一致認為月球表面根本沒有空氣。」

聽眾之間有一陣騷動，他們似乎被這個奇特人物的諸多論據打動了。

「且不談這些，」米歇勒．阿爾當極為鎮靜地回答，「現在，讓我們來聽一個重要的事實。才華卓越的法國天文學家羅塞達，於一八六〇年七月十八日觀測日蝕，他指出新月形太陽的兩個角被截去尖端，變成圓的，然而，這個現象只有在太陽光穿越月球大氣層時偏離直線的狀態下才會產生，不可能有其他的解釋。」

「但是，這件事確實可靠嗎？」陌生人立刻問道。

「絕對可靠！」

會場上又起了一陣騷動，這一回，聽眾的反應轉向支持他們所喜愛的英雄，他的對手則不發一語地待在原地。阿爾當再度發言，他並沒有因爲方才取得了優勢而沾沾自喜，只是簡單地說：「所以你也清楚了，親愛的先生，不應該那麼斬釘截鐵地認定月球表面絕對沒有大氣。這層大氣可能很稀薄，相當不容易偵測，但是，今日的科學普遍認爲它是存在的。」

「不管你樂不樂意聽見，山上確實沒有大氣，」陌生人不願意認輸，又固執地駁斥了一句。

「是沒有，但在山谷還有，最多幾百英尺的厚度。」

「不管如何，你最好做些預防措施，因爲那裡的空氣可是稀薄得可怕。」

「啊！正直的先生，對單獨一個人來說，總是夠用的。況且，一到了那上頭，我就會竭盡所能地努力節約空氣用量，只在重大的情況時才呼吸！」

巨大的爆笑聲像雷鳴一樣在這位神祕對話者的耳邊響起，他那充滿對抗意味的目光驕傲地掃視全場。

「那麼，」米歇勒．阿爾當神情閒適地繼續說，「既然我們都同意月球上有一些大氣，我們就不得不承認那裡有一定份量的水。就我個人而言，我非常高興能得出這個結論。再說，我可愛的反對者，請容我再提出一項觀察結果。我們所看到的只是月盤的一面，假如月球面對著我們的這一面有些許空氣，在另外一面可能有更多空氣。」

「憑什麼理由這麼說？」
「因爲，月球由於受到地球引力的影響，呈現雞蛋的形狀，而我們看到的是其中的一小端。根據韓森[1]的計算結果，月球的重心位在另一個半球，由此得出一個結論，在我們衛星形成的初期，大部分的空氣和水應該就被它的重力牽引到另一面去了。」
「純粹是幻想！」陌生人高聲說。
「不！這純粹是建立在力學法則上的理論。我認爲，要想駁斥這個說法是相當困難的。因此，我呼籲大會對這個問題進行表決：存在地球上的生命，是否可能在月球表面生存呢？」
三十萬聽眾同時鼓掌贊成。米歇勒·阿爾當的對手還想說話，但是大家再也聽不見他說什麼了。叫喊聲、威脅聲，有如冰雹一樣朝著他猛烈襲擊。
「夠了！夠了！」有人說。
「把這個不識趣的傢伙趕走！」另一些人反覆說。
「滾出去！滾出去！」惱怒的群眾高喊著。
但是他，堅定地用力扣住講臺，動也不動，等待暴風雨過去。要不是米歇勒·阿爾當比

1 韓森（Peter Andreas Hansen, 1795-1874），十九世紀德國天文學家，曾任丹麥天文臺的臺長。

手勢要大家安靜下來，這場暴風雨的規模可能會相當可怕。阿爾當爲人太講道義，不可能把他的對手拋棄在這種極端的情況裡，什麼都不管。

「你希望補充幾句話嗎？」他以親切的口吻詢問他的對手。

「沒錯！我還要說一百句、一千句，」陌生人憤怒地回答。「或者，倒不如，不！只要一句！這麼堅持你的計畫，除非你是……」

「思考欠周的傢伙！我已經請求我的朋友巴比卡納造一個錐形圓柱體的炮彈，讓我不至於像松鼠一樣在半路上團團轉了，你怎麼可以把我看成這樣的人呢？」

「但是，可憐的人，啓動時的可怕反衝力就會把你壓碎！」

「親愛的反對者，你剛剛指出了眞正、也是唯一的困難。不過，我對美國人的工業天才有極高的評價，我不相信他們解決不了這個問題！」

「可是，炮彈穿越大氣層時，它的速度所產生的高熱呢？」

「啊！炮彈壁很厚，而且我將會快速通過大氣層！」

「但是，糧食呢？水呢？」

「我已經計算過，我可以帶一年份的用量，而我的旅程才只花四天！」

「但是，途中要呼吸的空氣呢？」

「我可以透過化學方法來製造。」

「可是，假如你能到達月球，你又要如何降落呢？」

「炮彈落在月球上的速度將會比在地球降落慢六倍，因爲重量在月球表面比在地球的小六倍。」

「那還是足夠把你像玻璃一樣，摔得粉碎！」

「誰能阻止我，利用裝置恰當的火箭，在必要的時候點燃，來減低下降的速度呢？」

「不過，最後，假設所有的困難都解決，所有的障礙都排除了，也把所有對你有利的機運都湊集在一起了，並姑且認爲你安全到達了月球，你又要如何重回地球呢？」

「我不會回來！」

聽到這個透過簡潔方式觸及崇高精神的回答，場上的所有人都啞然無聲。但是這片沉默比熱情的喊叫更動人。陌生客利用這個機會做最後的抗議。

「你是必死無疑的，」他大聲說，「而那只不過是死了一個理智失常的人，你的死亡甚至對科學沒有一點用處！」

「請繼續說下去，慷慨的陌生人，因爲，老實說，你的診斷方式非常討人喜歡。」

「啊！這太過分了！」米歇勒．阿爾當的對手高喊，「我不知道爲什麼還要繼續這樣不嚴肅的爭辯！請盡情地從事這個瘋狂事業吧！你不是應該受到指責的人！」

「哦！請你不必客氣！」

「不！要對你的行爲負責的是另外一個人！」

「請問，那個人是誰？」米歇勒·阿爾當聲音專橫地問道。

「是安排這一樁既可笑又不可能實現的實驗的那個無知之徒！」

這個攻擊非常直接。自從這個陌生人介入討論以來，巴比卡納就使盡全力克制自己，就像某些鍋爐的火箱，燃燒自身回流的煤煙一樣。然而，看到自己受到如此侮辱的指明，他猛然站了起來，就要朝這個當面挑釁自己的敵手走去，這時候，他發現自己突然與這個人隔得越來越遠。

講臺早已被一百隻強壯的胳臂倏地抬了起來，大炮俱樂部的主席正與米歇勒·阿爾當共享勝利的光榮。充作講臺的舷牆很重，但是抬著它的人不停地互相輪流，每個人彼此爭鬥、搶奪，都想用他們的肩膀來支持那代表

講臺被一百隻強壯的胳臂抬了起來

勝利的臺子。

這時候，陌生人並沒有趁著嘈雜之際離開他所在的地方。再說，處在這擠得密密麻麻的人群中，他能辦得到嗎？當然不能。不管怎麼說，他雙臂交叉，待在第一排，眼睛盯著巴比卡納主席，像是要把他吞下似的。

巴比卡納也一直望著這位陌生客，兩人的目光碰觸，彷彿兩把顫動的寶劍交鋒。在勝利的行進期間，廣大人海發出的叫喊聲始終維持最大的強度。米歇勒．阿爾當帶著明顯快樂的神情，任由群眾帶動，他的臉閃耀著光芒。講臺宛如一艘受海浪打擊的船隻，時而前後顛簸，時而左右搖晃。但是，這兩位大集會的英雄具有船員的腳力，穩穩地站立在上方，他們的「大船」沒有遭到任何損失就來到了坦帕城的港口。米歇勒．阿爾當幸運地躲過他那些健壯的仰慕者的最後擁抱；他逃入富蘭克林旅館，動作敏捷地進到自己的房間，迅速溜上床，這時，十萬人的大隊伍還守在他的窗戶下，直到天明。

這段時間裡，一場短暫、嚴肅、關鍵性的會晤已經在那位神祕人物和大炮俱樂部主席之間發生。

巴比卡納終於得了空閒，他筆直地朝他的敵手走去。

「跟我來！」他簡短說了一聲。

這位敵手跟隨他來到碼頭，不久兩個人就單獨站在面向瓊斯斜坡的碼頭入口。

在那裡，這兩個尚未相識的仇敵相互對望。

「你是誰？」巴比卡納問。

「尼修勒船長。」

「我正這麼猜想。直到現在爲止，機運還從未把你拋到我的路上來……」

「我已經自己來了！」

「你剛才辱罵我！」

「而且是當著眾人的面。」

「你得就這個侮辱，還我公道。」

「立即照辦。」

「不。我希望這一切在我們之間私下進行。距離坦帕三英里處有一片樹林，叫做思凱爾斯諾樹林，你可知道？」

「我知道。」

「你願意在明天早上五點從樹林的一邊進入嗎？」

「可以，只要你在同一時間從另一邊進去。」

「你不會忘記你的來福槍吧？」

「正像你不會忘記你的槍一樣。」尼修勒回答。

冷冷地交換過這幾句話之後，大炮俱樂部主席就和船長分手了。巴比卡納返回他的住所，但是，這幾個小時內他沒有休息，而是整夜尋找避免炮彈反衝力的方法，思索米歇勒·阿爾當在大會討論中提出的難題的解決辦法。

第二十一章　法國人如何化解衝突

主席和船長已經談妥了決鬥約定，在這場可怕又野蠻的對決中，雙方都成了以人爲獵物的獵人。當這兩人談判決鬥條件的時候，米歇勒·阿爾當正在休息，以便消解勝利遊行帶來的疲勞。休息顯然不是一個恰當的詞語，因爲美國床鋪的堅硬程度和大理石或花崗岩製的桌子比起來，簡直不相上下。

所以，阿爾當躺在給他當床單和被單用的幾條大毛巾之間，翻來覆去，睡得相當不安穩，他心裡正考慮著在他的炮彈裡安置一張較舒適的臥鋪時，忽然一陣劇烈的聲響把他從幻想裡驚醒。紊亂的敲門聲撼動他的房門，似乎有人用鐵器敲打著門。在這一陣陣爲時過早的晨間喧鬧聲裡，還混雜著響亮的呼喊。

「開門！」有人叫道，「看在老天的份上，開門啊！」

阿爾當沒有任何理由要接受這麼吵鬧的請求。然而，他還是起床了，在房門就要被這名固執的訪客用力撞倒時，他打開了門。大炮俱樂部的祕書一下子闖進房間裡。就算扔進來一顆炸彈，也不會比他更吵，更沒禮貌。

「昨天晚上，」馬斯通一進門就不由分說地叫嚷道，「我們的主席在大集會上受到公開辱罵！他於是向他的仇敵挑戰，這個人不是別人，正是尼修勒船長！他們今天早上要在思凱爾斯諾樹林決鬥！這一切都是巴比卡納親口告訴我的！假如他被殺，我們的計畫就全毀了！所以一定要阻止這場決鬥！可是，世界上只有一個人能夠影響巴比卡納並攔住他，這個人就是你，米歇勒．阿爾當！」

正當馬斯通這般述說的時候，米歇勒．阿爾當也沒有打斷他，急忙地穿上他寬大的長褲。不到兩分鐘之後，兩位朋友就飛速抵達坦帕城的郊區。

在這又快又急的路程中，馬斯通把全部情況都告訴了阿爾當。他講述了巴比卡納和尼修勒彼此敵對的眞正原因，這股敵意如何由來已久；以及如何經由雙

馬斯通闖進房間

方共同友人的暗中幫忙，主席和船長直到當日都不曾面對面相遇。他還補充說，這僅僅是鋼板和炮彈的競爭，最終，大會的那一幕不過是尼修勒找了很久才得到的一次讓他好好發洩舊仇宿怨的機會。

沒有什麼會比美國這種特有的決鬥更可怕的了，決鬥時，兩個仇敵穿越灌木林互相搜索，在荊棘叢的角落彼此窺伺，在矮樹叢中像野獸般相互射擊。這時候，任何一方一定都會羨慕草原上的印地安人，能夠擁有與生俱來的非凡本領，羨慕他們的快捷機智、巧計多端；對蛛絲馬跡的高度敏感，以及能掌握敵人動向的嗅覺。只要一個錯誤、一點猶豫、一次失算就會導致死亡。在這類戰鬥中，美國人經常帶著狗群作伴。敵我雙方都既是獵人也是獵物，可以接連好幾個小時展開追擊。

「你們是何等要命的怪人啊！」在聽完他的同伴口沫橫飛地描述這種決鬥場面之後，米歇勒．阿爾當高聲說道。

「我們就是如此，」馬斯通虛心地回答，「不過，我們還是快走吧！」

不過，雖然米歇勒．阿爾當他們一路跑過仍沾滿露水的潮濕平原，穿越稻田和小溪，抄近路前進，仍舊無法在五點半以前趕到思凱爾斯諾樹林。巴比卡納大概已經從樹林邊緣進入林區半小時了。

在樹林邊，有一個年老的樵夫正忙著把他用斧頭砍倒的樹，劈開成一捆一捆的木柴。馬斯通朝他奔去，一面大喊：

「你可曾看見一個背著來福槍的男子走進森林，就是巴比卡納，我們的主席……我最要好的朋友……？」

大炮俱樂部這位高貴的祕書天眞地認爲全世界的人都認識他的主席。可是，樵夫似乎不懂他的話。

「是一個獵人。」阿爾當這時開口說。

「一個獵人？有，我看見過。」樵夫回答。

「進去很久了嗎？」

「大約一個鐘頭了。」

「太遲了！」馬斯通大喊道。

「你聽見槍聲了嗎？」米歇勒·阿爾當問。

「沒有。」

「一聲也沒聽到嗎？」

「一聲也沒聽到。看樣子，那個獵人是沒有什麼斬獲了！」

「怎麼辦？」馬斯通說。

「進入樹林裡，就會有挨一顆不是針對我們而來的子彈的危險。」

「啊！」馬斯通以誰都不會誤解的語調，大聲說，「我寧願自己的腦袋吃進十顆子彈，也不願意看一顆子彈射進巴比卡納的腦袋。」

「那麼前進吧！」阿爾當握住他同伴的手，說道。

幾秒鐘之後，兩個朋友就消失在灌木叢裡。這片矮樹林非常茂密，長著巨大的柏樹、埃及無花果樹、鵝掌楸、羅望子樹、綠油油的橡樹，以及木蘭樹。不同林木的枝幹相互交錯，糾結纏繞，使視線望不見遠方。米歇勒．阿爾當和馬斯通緊靠在一起往前走，默默地穿過高草叢，在粗壯的藤蔓中開闢小路，帶著探詢的目光檢視荊棘叢或是隱蔽在陰暗濃密樹葉裡的枝條，懷抱著每一步都可能聽到可怕來福槍響的心情前進。至於巴比卡納在行經樹林時可能留下的痕跡，他們根本辨認不出來，他們盲目地走在勉強闢出的小徑上，只有印地安人才有辦法在這種地方一步步追蹤對手的足跡。

經過一個小時毫無結果的搜尋，兩個同伴停了下來。他們內心的憂慮更重了。

「這一切必定結束了，」馬斯通沮喪地說。「像巴比卡納這樣的人既不會對敵人耍花招、設圈套，也不會使心機！他太坦率、太勇敢了。他已經勇往直前，筆直朝危險走去了，而且事發地點無疑距離樵夫相當遠，槍聲無法順著風傳到他那兒！」

「可是我們！還有我們！」米歇勒．阿爾當回答，「自從進入樹林以後，我們也總該會聽見吧！……」

「說不定是我們到得太遲了！」馬斯通用絕望的聲調大叫。

米歇勒．阿爾當找不出可以回答的話。馬斯通和他又繼續往前行。他們時而放聲大叫，或是呼喚巴比卡納，或是呼喊尼修勒。可是，兩個仇敵中沒有一位回應。被他們的叫聲驚醒的鳥群，快活地拍拍翅膀，消失在枝椏間，幾頭受驚嚇的黃鹿匆忙逃進了灌木林。

他們又持續搜尋了一個小時，大部分的林地都找遍了，一點也沒有發現這兩位決鬥者經過的痕跡。樵夫的說詞實在值得懷疑，阿爾當就要放棄繼續這種徒勞的偵察時，忽然，馬斯通停下腳步。

「噓！」他低聲說，「那底下有人！」

「有人？」米歇勒．阿爾當回答。

「對！一個男人！他看上去動也不動。他手裡也沒有來福槍。他在做什麼呢？」

「你認識他嗎？」米歇勒．阿爾當問，他的重度近視在這種情況下根本沒什麼用處。

「是！認識，他正在轉身。」馬斯通回答。

「是誰……？」

「尼修勒船長！」

「尼修勒！」米歇勒．阿爾當大叫一聲，他感到一顆心劇烈地縮緊了一下。

尼修勒沒有帶槍！這麼說來，他再也用不著害怕他的敵人了嗎？

「我們到他那兒去，」米歐勒·阿爾當說，「看看到底發生什麼事。」

可是，他的同伴和他還沒走五十步就停了下來，更加仔細地打量著船長。在他們想像中，會找到一個凶殘，一心只爲復仇的人！怎知看見他時，他們都驚得愣住了。

在兩棵高大的鵝掌楸之間，晾著一張織工緊密的網子，網中央有一隻小鳥，翅膀被網線纏住了，一邊掙扎，一邊發出哀鳴。設下這張無法掙脫的大網的捕鳥人，不是人類，而是一隻當地特有的毒蜘蛛，牠的體型有如鴿子蛋，身上長著大大的腳。這隻醜惡的動物正要朝牠的獵物撲過去時，竟又中途折回，轉頭爬向鵝掌楸的高樹枝上尋求庇護，因爲輪到另一個可怕的敵人來威脅牠了。

網中央有隻小鳥在掙扎

原來，尼修勒船長把步槍放在地上，忘了他目前身處的危險，正全神貫注，盡可能靈巧地解救那陷在恐怖蜘蛛網裡的受害者。事情完成之後，他放開手讓小鳥飛走，只見鳥兒快活地拍打翅膀，隨即就不見蹤影。

尼修勒神情充滿憐憫地望著小鳥穿越樹枝飛逃而去，這時候，他聽見一個感動的聲音說：

「你呀，你可眞是個善良的人！」

他轉過身。米歇勒．阿爾當就站在他的面前，正以各種不同的語調反覆地說：

「多麼值得敬愛的人呀！」

「米歇勒．阿爾當！」船長大叫道，「你來這裡做什麼，先生？」

「來和你握手，尼修勒，來阻止你殺死巴比卡納或者被巴比卡納所殺。」

「巴比卡納！」船長高聲說，「我找了兩個鐘頭都沒有找到他！他躲到哪裡去了……？」

「尼修勒，」米歇勒．阿爾當說，「這樣說很沒禮貌！應當要時時尊敬自己的對手。你請放心，如果巴比卡納活著，我們會找到他的。假如他沒有像你一樣忙裡偷閒來拯救受難的小鳥，他一定也在找你，那麼，要找到他就更容易了。不過，我們找到他以後，我米歇勒．阿爾當就會鄭重地對你說，你們之間再也沒有決鬥了。」

「巴比卡納主席和我之間，」尼修勒嚴肅地回答，「有著很深的敵對關係，我們其中一人的死亡……」

「算了！算了！」米歇勒・阿爾當接著說，「像你們這樣正直的人，過去竟然會互相憎恨，但是，現在該互相尊敬才對，你們就別決鬥了。」
「我將決死一戰，先生！」
「絕對不行。」
「船長，」這時馬斯通非常誠懇地說，「我是主席的朋友，他的知交，可以說是第二個他。假如你一定要殺死某個人，就請你對我開槍，這完全是一樣的。」
「先生，」尼修勒用抽搐發抖的手握緊他的來福槍說，「這些開玩笑的話……」
「馬斯通友人不開玩笑，」米歇勒・阿爾當回答，「我了解他自願替所愛的人受死的想法！但是，不管是他還是巴比卡納，都不會在尼修勒船長的槍彈下倒地，因爲我要提出一個吸引人的建議，他們將會迫不及待地連忙接受。」
「什麼建議？」尼修勒問，他一臉不相信的表情。
「別急，」阿爾當回答，「我只有當著巴比卡納的面才會告訴大家。」
「那就快去找他吧。」船長高聲說。
三個人立即上路。船長卸下來福槍的子彈之後，把步槍往肩膀上一揹，不說一句話，就帶著一衝一顛的步伐前進了。
又過了半個鐘頭，他們的搜尋還是毫無結果。馬斯通心頭襲來一股不祥的預感。他嚴厲地盯著尼修勒，思忖船長是否已經完成報仇，可憐的巴比卡納是否早已被子彈擊中，躺在某一叢血跡斑斑的灌木林深處，沒了生命。米歇勒．阿爾當似乎也有同樣的想法，兩個人已經帶著訊問的眼光望向尼修勒船長。突然，馬斯通停下腳步。

在距離他們二十步的地方，出現一個男人，背部靠在一棵巨大的美國木豆樹下，只能看見他那動也不動的上半身，下半截身體則隱沒在草叢裡。

「是他！」馬斯通說。

巴比卡納沒有移動。阿爾當的目光轉而望進船長的眼睛深處，但他並沒有動搖，阿爾當向前走了幾步，一面喊著：

「巴比卡納！巴比卡納！」

沒有任何回答。阿爾當趕忙朝他的朋友衝過去。但是，正當他想抓住對方的手臂時，他突然停下來，驚奇地叫了一聲。

巴比卡納手握鉛筆，正在筆記本上寫公式，畫幾何圖形，而他那支還沒裝子彈的步槍則橫躺在地上。

這位科學家正全神貫注投入工作中，竟然也忘了決鬥和復仇，他什麼也沒看見，什麼也沒聽見。

但是，當米歇勒．阿爾當把手放在他手上時，他抬起頭，用驚訝的眼光打量對方。

「啊！」他終於發出叫聲，「是你！在這裡！我找到了，我的朋友！我找到了！」

「什麼？」

「我的方法！」

「什麼方法？」

「可以消除炮彈發射時反衝力影響的方法！」

「眞的嗎？」米歇勒說，同時偷偷瞟了船長一眼。

「眞的！用水！用普通的水就能產生彈性……啊！馬斯通！」巴比卡納大叫一聲，「你也在這裡！」

「還有他，」米歇勒．阿爾當回答，「允許我同時向你介紹高貴的尼修勒船長！」

「尼修勒！」巴比卡納霍地站起身，喊道，「抱歉，船長，」他說，「我忘了……現在我準備好了……」

米歇勒．阿爾當沒讓兩個仇敵有時間互相質問，立刻就插嘴說：

「當然啦！幸虧像你們這樣正直的人沒有早一些碰頭！不然的話，我們現在要不是爲這一位，就是爲另一位哀悼了。不過，感謝上帝介入，現在，再也沒什麼好擔心的。當一個人忘了自身的仇恨，埋頭研究機械難題，或者跟蜘蛛開玩笑，這就說明了這個仇恨對任何人都不具危險性。」

米歇勒．阿爾當向主席敘述了船長的故事。

「我要請問你們一下，」他在下結語時說，「像你們兩位這樣善良的人，難道生來就爲了用卡賓槍彼此互轟腦袋的嗎？」

在這個有點可笑的情境裡，某些事情發生得如此出乎意料，使得巴比卡納和尼修勒都不太曉得該用什麼樣的態度來看待對方。米歇勒．阿爾當很能感覺到這一點，他決定加快腳步讓雙方和解。

「正直的朋友們，」他說，他的唇邊不由得露出最和善的微笑，「你們之間一向就只有誤會，沒有別的。好！爲了證明你們之間的一切仇恨都已經結束了，而且，既然你們都是那種願意冒生命危險的人，就請坦誠地接受我要向你們提出的建議。」

「請講。」尼修勒說。

「巴比卡納友人相信他的炮彈會直接射達月球。」

「沒錯，那是當然的。」主席迅速地回答道。

「尼修勒友人堅信炮彈會落回地球上。」

「我確信一定如此。」船長大聲說。

「好！」米歇勒．阿爾當又接著說，「我並不奢望使你們兩人意見一致；但是我要直率地對你們說：請和我一起出發吧，一起看看我們是否會停在半路上。」

「請和我一起出發吧，一起看看……」

「嘿！」馬斯通驚奇地發出聲來。

一聽到這個突如其來的建議，兩個競爭對手早已抬起眼相互對望。雙方都在仔細觀察對方的反應。巴比卡納等著船長的回答，尼修勒也在等候主席發言。

「怎麼樣？」米歇勒用最吸引人的語調說著，「既然再也不用擔心有反衝力了！」

「接受！」巴比卡納高聲說。

不過，儘管他說這句話的速度很快，尼修勒卻已經和他在同一時間說完了。

「烏拉！太棒了！太好了！嘿！嘿！嘿！」米歇勒．阿爾當呼喊著，並向兩位仇敵伸出手來，「現在事情已經解決了，我的朋友們，請允許我以法國的方式對待你們。咱們去吃頓早餐吧。」

第二十二章　美國的新公民

整個美國，在當天同時得知尼修勒船長和巴比卡納主席決鬥的事，以及最終的奇特結局。那位具有騎士風範的歐洲人在這次會面中扮演的角色，他那出乎意料，卻又得以解決困難的提議；兩位敵手的同聲接受；法國和美國將要同心協力展開征服「月球大陸」的消息，這一切種種齊集在一起，使米歇勒．阿爾當的聲望又更往上提升了許多。

我們知道，美國佬醉心於一個人能達到怎樣瘋狂的程度。在這個國家裡，一臉嚴肅模樣的官員也會套在女舞者的馬車前轅，得意洋洋地拉著車子滿街跑；那麼，這位大膽的法國人，又能夠激起什麼樣的熱情，就讓大家自行判斷了！假如人們沒有替他們的幾匹馬卸下套子，那很可能是因爲他們沒有馬車，但是，所有其他表示狂熱的行動他們都毫不吝惜地展現了。沒有一個公民不是把全部的思緒和心意集中朝向他！正如同美國的一句格言所說：「合眾爲一」。

從這一天起，米歇勒．阿爾當不再有片刻的休息。來自合眾國各個角落的代表團無止無休的騷擾他。不管願不願意，他都得接見他們。和他握過手的人，與他熟絡交談過的人，不勝其數，不久他就忙得精疲力盡。他的嗓子因爲數不清的演講而變得嘶啞，雙唇間只能發出一些聽不懂內容的聲音。由於不得不跟合眾國各地的委員乾杯，他差點得了腸胃炎。換做其他人，這樣的成功早在第一天就會讓人陶醉得飄飄然，但是，他卻能保持在才思橫溢又迷人的半醺狀態。

在各式各樣糾纏他的代表團當中，「受月亮影響的人[1]」組成的團體一點也沒有忘記他們對這個未來的月球征服者應盡的義務，這種可憐人在美國相當多。一天，他們其中幾位來找他，請求和他一起返回他們的故鄉。某些「受月亮影響的人」聲稱會說月球人的語言，願意教米歇勒．阿爾當說這種語言。阿爾當滿懷善意地聽從他們沒有惡意的瘋言瘋語，並且答應要爲他們月球上的朋友捎口信。

「精神病眞是奇特呀！」打發走他們之後，他對巴比卡納說，「這類病症經常在智力敏捷的人身上發作。我們的一位最傑出的科學家阿拉戈[2]曾對我說，許多在思想上非常審愼、非常保守的人，每回受到月球影響時，就會變得興奮異常，做出令人難以相信的怪誕行爲。

1 指精神病患者和癲癇患者，西方傳說認為，月亮圓缺的週期會影響精神疾病的起伏發展。
2 阿拉戈（François Arago, 1786-1853），法國的天文學家、物理學家、政治家。

你不相信月球對疾病的影響嗎？」

「不怎麼相信。」大炮俱樂部的主席回答。

「我也不相信，但是，歷史記載了幾件至少算是讓人驚奇的事件。好比，在一六九三年的一場瘟疫流行期間，一月二十一日當天月蝕的時候，死去的人特別多。著名人物培根[3]總會在月蝕的那段時間昏厥，一直到月球再度完全顯現以後，才又恢復知覺。國王查理六世[4]在一三九九年期間，曾多次陷入精神錯亂，發病的時間不是在新月，就是在滿月。有一些醫生把癲癇症歸類爲隨著月相變化的疾病，神經方面的疾病似乎也經常受到月球的影響。米德[5]提到一個兒童經常在望月的時候痙攣發作。高勒[6]觀察到身心虛弱者的精神亢奮狀態每個月會增加兩次，時間點都落在新月和滿月時。總之，在暈眩、惡性發熱、夢遊症方面，還有上千個這類型的觀察結果，似乎都證實這座黑夜星體對地球上的疾病有神祕的影響力。」

「可是，怎麼影響？爲什麼會有影響呢？」巴比卡納問。

「爲什麼？」阿爾當回答。「說實在的，我會拿阿拉戈在相隔十九世紀之後借用普魯塔克的話重複說的：『這或許是因爲它本來就不是眞的！』」

米歇勒．阿爾當處於多方的喝采當中，卻也沒能躲過任何一項身爲名人必須承擔的煩惱。承攬公眾招待會的包商想拿他來展示；巴納姆[7]提出一百萬的酬庸，要帶他到美國各城市巡迴，把他當作一頭奇怪的動物一樣公開展覽。米歇勒．阿爾當則是把對方看作一個趕著自己去巡迴展示的馴象師。

然而，他雖然拒絕滿足大眾的好奇心，不管怎樣，他的肖像還是傳遍了全世界，甚至在每本相簿裡佔據了一個榮譽的欄位。人們替他拍下尺寸不同的照片，從實體大小到郵票式的微縮版，樣樣俱全。人人都能擁有這位英雄擺出各種想像得到的姿勢的照片，有頭像、胸像、全身像、正面像、側面像、斜面像、背影像。他的照片沖印量超過了一百五十萬張。這是個可以把自己身上的東西當作珍貴聖物一樣出售的好機會，但是他並沒有加以利用。光是拿他的頭髮每根一美元來賣，就足夠讓他發大財了！

總而言之，他倒不討厭自己的名望。恰恰相反，他順從公眾的意願，和世界各地的人們

---

3 培根（Francis Bacon, 1561-1626），英國的哲學家、科學工作者，對科學理論的發展有極為重要的貢獻。

4 查理六世（Charles VI, 1368-1422），十五世紀時法蘭西國王，因患有精神病，被後世暱稱為瘋子查理或可愛的查理。

5 米德（Richard Mead, 1673-1754），英國醫生，對傳染病研究貢獻良多。

6 高勒（Franz Joseph Gall, 1758-1828），德國醫生、神經解剖學專家，是大腦區塊功能研究的先驅。

7 巴納姆（P.T. Barnum, 1810-1891），美國著名的馬戲團團長兼演出經理人。

通信。大家重複著他的風趣話，並且廣為宣傳，特別是他沒說的話也到處流傳。大家依照習慣，把那些話算在他頭上，因爲在機智風趣方面，他也的確十分擅長。

仰慕他的不只男人，也有女人。只要他哪天心血來潮，想「安定下來」，他可以締結的「美好婚姻」簡直是想要多少，就有多少！特別是那些四十年來逐漸枯萎的老小姐，無不日夜對著他的照片發夢。

可以肯定的是，即使他設下選擇伴侶的條件，要求她們跟隨他上天空，他仍然能找到成百個女伴。當女人什麼都不怕的時候，她們是非常勇敢的。不過，他無意到月球這片「新大陸」繁衍子孫，也不想把一個法國和美國的混血人種移植到那裡，所以他拒絕了。

「去那上面與一個夏娃的女兒扮演亞當的角色，不，謝了！」他說，「我只會遇見一條條的蛇……！」

當他終於能擺脫這些太過頻繁的得勝喜悅，一有空閒，他就在朋友的陪同下，去參觀哥倫比亞大炮，這是他應該做的事。此外，自從他和巴比卡納、馬斯通以及這類科學家一起生活以來，他就變得十分精通彈道學。他最大的樂趣在於向這些正直的大炮發明家重複說道，他們只不過是一群博學又討人喜歡的謀殺專家。他總能源源不絕地說出有關這方面的笑話。參觀哥倫比亞大炮的那天，他對這座即將把他射向黑夜天體的巨大迫擊炮讚賞不已，還下去到炮筒的底部走了一遭。

「至少，這尊大炮不會傷害任何人，」他說，「這對大炮來說已經是相當驚人的事了，但是，有關你們那些專門毀滅、放火、粉碎、殺人的大炮，請不要對我提起它們，尤其永遠不要再向我說這些大炮有『靈魂[8]』，我可是不會相信的！」

在此，應該談一談馬斯通的請求。當大炮俱樂部的祕書聽到巴比卡納和尼修勒接受了米歇勒．阿爾當的提議時，他也決定加入他們的行列，四人成組一起動身。有一天，他提出參加旅行的要求，巴比卡納拒絕了他，但巴比卡納心底很抱歉，只能讓他了解，炮彈無法載那麼多的乘客。馬斯通灰心失望地去找米歇勒．阿爾當，米歇勒勸他放棄這個念頭，並且就馬斯通本人的條件提出論據。

「你瞧，馬斯通老兄，」他說，「可別把我的話當作惡意。不過，說眞的，這只在我們兩人之間說說，你少了一條胳臂，太不完整了，不能到月球上去！」

「不完整！」這位英勇健壯的殘廢者大叫起來。

「對！我正直的朋友！你想想看，假定我們遇到了月球上的居民。你願意讓他們對人世間發生的事情產生淒涼的想法嗎？你可願意告訴他們什麼是戰爭，向他們展示我們正把最美好的時光用在互相吞噬、彼此打斷胳臂和腿骨嗎？而這些就發生在一個可以養活一千億居

---

8 此處是雙關語，因為在法文中，表示「靈魂」的這個字也有「炮膛」的意思。

民，卻只有十二億人口的星球上。算了，高貴的朋友，你會使得我們統統被攆出門呢！」

「可是，假如你們到達時跌成碎片，」馬斯通駁斥道，「你們也會和我一樣不完整了呀！」

「確實如此，」米歇勒．阿爾當回答，「可是，我們不會跌成碎片的！」

的確，在十月十八日進行的一項試射實驗，已經獲得最佳的結果，也使眾人所抱持的希望得以極度地合理化。巴比卡納想了解炮彈射出時反衝力的影響，就派人從彭薩科拉的兵工廠運來一尊三十二英寸的迫擊炮。大家把大炮放置在西利斯柏侯停泊場的岸邊，好讓炮彈掉進海裡，減輕墜落時的撞擊力。這次要測驗的是出發時的晃動，不是到達時的碰撞。爲了這個奇怪的實驗，工廠非常小心翼翼地準備了一顆空心炮彈。在炮彈內用最優質的鋼鐵所做成的彈簧網上，貼著厚厚的一層墊料，使炮彈內壁厚度增加了一倍。這十足是一個用棉花細心鋪設成的小窩。

「不能在這裡頭找到一個位子，眞是可惜啊！」馬斯通說著，他對於自己因爲塊頭大而無法加入冒險，仍感到有些懊喪。

這枚可愛的炮彈以螺絲蓋子來開闔，他們先放入一隻大貓，接著再放進大炮俱樂部常任祕書飼養的一隻松鼠，馬斯通特別鍾愛牠。但是大家都想了解這隻不怕頭暈的小動物在這趟實驗旅行裡會有什麼反應。

迫擊炮裡裝塡了一百六十磅的火藥，炮彈放進炮膛裡，點火射擊。炮彈立即迅速升空，畫出一個氣勢雄偉的拋物線，達到大約一千英尺的高度，然後以優雅的弧度落入波浪中。

一艘小船片刻也不耽擱地開往炮彈墜落的地點。熟練的潛水人趕忙投入水裡，用纜繩綁住炮彈的耳葉，把炮彈快速吊到船上來。從兩隻動物被關進炮彈，到轉開牠們的牢獄蓋子爲止，經過的時間不到五分鐘。

阿爾當、巴比卡納、馬斯通、尼修勒都在小船上，他們全程參與作業，其關切的情感不難理解。炮彈才剛打開，貓就衝了出來，牠身上有幾處擦傷，但十分健康，一點也沒有從天空遠征回來的模樣。不過沒見到松鼠。大家東翻西找，沒有半點蹤跡。必須知曉眞相才行，原來，大貓早已把牠的旅行同伴吃掉了。

把貓帶出炮彈

馬斯通失去他可憐的松鼠，非常傷心，他打算將小動物的死亡登錄在科學蒙難者的名冊上。

無論如何，經過了這次實驗，所有的躊躇，所有的憂懼都消失了。況且，巴比卡納的新設計圖應該能造出更完美的炮彈，還可以把反衝力的影響幾乎完全消除。

兩天之後，米歇勒·阿爾當收到合眾國總統的一封信，法國人對這份殊榮特別感動。政府以他那位具有俠義精神的同胞拉法葉侯爵[9]爲例，授予他美利堅合眾國公民的稱號。

9拉法葉侯爵（Marquis de La Fayette, 1757-1834），法國將軍、政治家，一生致力為各國人民爭取自由，曾參與美國獨立戰爭和法國一七八九年的大革命。

第二十三章 「炮彈——車廂」

著名的哥倫比亞大炮造好之後，大眾的關注點立刻投向炮彈，投向這個用來載送三位大膽冒險家的新式運輸工具。沒有人會忘記米歇勒·阿爾當在他九月三十日的電報裡，要求修改執行委員議決的圖樣。

巴比卡納主席當初的確有理由認爲炮彈的形狀並沒有多大的重要性，因爲炮彈在幾秒鐘內穿越大氣層以後，接下來的航程必定是在絕對眞空下進行。所以執行委員會就採用了圓形炮彈，讓它可以自己旋轉，也可以隨興在太空中運行。但是，一旦要將它改造成運輸工具，這又是另爲一回事了。米歇勒·阿爾當不願意以松鼠的方式旅行，他希望能頭朝上，腳朝下地升空，像坐在熱氣球吊籃裡一樣姿態莊重，炮彈的速度無疑地更快，但不能讓自己不得體地連翻觔斗。

幾張新的圖樣因此被寄到阿爾巴尼的布萊德威爾公司，還囑咐要事不宜遲地儘快執行。圖樣經過修改的炮彈在十一月二日鑄造完成，並且立刻經由東方鐵路運往石頭崗，在十日就平安抵達目的地。米歇勒·阿爾當、巴比卡納和尼修勒懷著無比急切的心情等待著這個「炮彈－車廂」，他們將要乘坐其中翱翔太空，去發現新世界。

必須承認，這是一件極美的金屬製品，一個爲美國工業才華帶來極大光榮的冶金產品。人們是頭一遭取得如此大量的鋁，單就提煉來說，便可以公允地將其視爲一項驚人的成果。這枚珍貴的炮彈迎著陽光閃閃發亮。看那戴著圓錐形帽子的莊嚴外形，使人自然而然地想起中世紀建築師搭建在城堡角上，彷彿胡椒瓶模樣的粗壯小塔樓，它缺少的不過是幾個槍眼和風信標。

「我還想著會從裡頭走出一個手拿火槍、身穿鐵甲的武裝騎士呢，」米歇勒·阿爾當高聲說道，「我們待在裡面就像封建領主一樣，再安置幾尊大炮，我們就可以和所有月球人的軍隊作戰了，要是月球上眞有軍隊的

炮彈送達石頭崗

話！」

「這麼說來，你對這輛運輸車很滿意了？」巴比卡納問他的朋友。

「是的！沒錯！那當然，」米歇勒·阿爾當回答，他像藝術家一樣審視著炮彈。「只可惜它的形狀不夠修長，它的圓錐不夠優雅，應該可以在尾部加上一簇金屬波紋裝飾，再安放一個獅頭龍尾的噴火怪獸，比方說，一個滴水嘴獸，或一個張口展翅的浴火蠑螈……」

「這些有什麼用呢？」巴比卡納說，他那講求實際的頭腦不太能感受藝術的美。

「有什麼用，巴比卡納兄！唉呀！既然你問我這個問題，只恐怕你永遠也不會理解了！」

「你就說說看，正直的同伴。」

「好吧！依我看，在我們所做的事情中，總要多少加進一點藝術，這樣比較好。你知道有一齣印度戲劇，名叫《小孩的手推車》嗎？」

「連名字也沒聽過。」巴比卡納回答。

「我不意外，」米歇勒·阿爾當接著說，「記住了，在這部戲裡，有一個竊賊，他在房子牆壁上挖洞的時候，總會考慮是否要把洞口挖成豎琴形狀、花朵形狀、飛鳥形狀或者古甕形狀。那麼！請告訴我，巴比卡納兄，假如你是陪審團的成員，你會判這個竊賊犯罪嗎？」

「根本用不著猶豫，」大炮俱樂部主席回答，「而且我還要因爲他破壞牆壁而加重定罪。」

「而我，我會宣告他無罪，巴比卡納兄！這就是爲什麼你永遠無法了解我了！」

「我甚至不想這樣做，勇敢的藝術家。」

「但是，既然我們的『炮彈車廂』外觀不完全令人滿意，」米歇勒．阿爾當接著又說，「至少，總該允許我依照自己的願望來布置內部，使它富麗堂皇，合乎地球大使的身分吧！」

「在這方面，正直的米歇勒，」巴比卡納回答，「你愛怎麼做就怎麼做，我們讓你照自己的意思行動。」

不過，大炮俱樂部主席在論及美觀之前，已經先考慮了實用，他發明的一整套減輕反衝力影響的方法早已非常巧妙地安裝上去。

巴比卡納曾認爲，沒有任何一種彈簧有足夠的強力來緩和撞擊，這個想法不是沒有道理。當他在思凱爾斯諾樹林做那有名的散步時，他終於以非常具創造力的方法，解決了這個大難題。水是他打算用來幫這個大忙的主力。以下是他的方法：

炮彈裡必須裝進三英尺高的水，水面上浮著一塊絕對防水的木盤，這塊圓木板可以摩擦著炮彈內壁上下滑動。旅客們的座位就設在這個名副其實的木筏上。至於這些液體，被水平的隔板區分爲好幾層，出發時的撞擊會把這些隔板一一撞破。到那時候，每一層水，從最下面到最上面，將經由一根根疏水管流往炮彈的上端排出，彈力作用就因此產生。而圓木盤本身配備有極結實的緩衝墊，只有在各層隔板被相繼壓碎以後，它才會碰撞到炮彈殼的底部。毫無疑問，旅客們在所有液體排除之後，仍然會感到強烈的反衝力。但是，最初的撞擊應該差不多被這個威力強大的「水彈簧」給全部消除了。

確實，在五十四平方英尺的面積上，三英尺深的水，重量幾乎有一萬一千五百磅。但是，根據巴比卡納的估算，哥倫比亞大炮裡累積的氣體膨脹起來，足以克服這份增加的重量，更何況，所有的水，經過出發時的撞擊，在不到一秒鐘的時間內就能全部排出，炮彈馬上又恢復了它正常的重量。

這就是大炮俱樂部主席所想像的設計，也是他認為可以解決反衝力這個重大問題的方法。再說，布萊德威爾公司的工程師對這個設備了解透徹，所以，製造工程執行得極為出色。設備一旦產生作用，水被全部排出，旅客們可以很容易地清除碎裂的隔板，拆掉啓動時支撐著他們的活動木盤子。

炮彈內壁的上半部安裝著不少用最優質的鋼材製造的螺旋，它們有如鐘錶發條一樣柔軟，在螺旋上又鋪著一層厚實的皮墊。疏水管隱藏在墊子下面，從外觀上根本看不出它的存在。

所以，為了減輕發射最初的撞擊，一切可能想像得到的預防措施都已經採用了，在這樣的情況下如果還會被壓碎，用米歇勒．阿爾當的話來說，必定是「身體構造相當差勁」的了。

從外部測量，這顆炮彈寬九英尺，高十二英尺。爲了不超出規定的重量，已經稍微減少炮彈壁的厚度，同時卻在炮彈的底部做加強，因爲這個部分必須承受低氮硝化纖維素燃燒時所產生的強烈氣體壓力。其實，炸彈和錐形圓柱體的榴彈的情況也是如此，它們的底部總是比較厚。

在圓柱形炮彈的炮壁上，設置了一個類似蒸汽鍋爐的「人孔」的狹窄開口，人們可以經由這裡進入這座金屬塔的內部。開口處有一扇鋁製的門板，可以用緊實的壓力螺絲從內部固定，關上鋁門，內部就完全密封了。旅客們到達黑夜的星體之後，隨即可以自由走出他們的活動監獄。

可是，光到月球去是不夠的，必須要能在途中觀看周遭。沒什麼比這更容易的。事實上，在皮墊下方有四個舷窗，窗子上裝有非常厚的玻璃透鏡，兩個舷窗鑿在圓形的炮彈壁上，第三個位在底部，第四個在錐形蓋子上。旅客因此能夠在路途中，觀察他們所離開的地球、他們逐漸接近的月球，以及布滿星星的太空。不過，這些舷窗外牢牢嵌著護窗板，以免出發時受到撞擊，但只要從裡面旋下螺絲帽即可輕易地把金屬板扔掉。用這個方法，炮彈內部的空氣就不會漏出去，旅客們才有可能進行觀察。

所有的機械都以令人讚賞的方式安裝好，操作起來也方便無比，而工程師在「炮彈－車廂」的內部布置上，也展現了同樣的巧思。

幾個緊緊固定在炮彈內的容器，是用來盛放三位旅客所需要的水和糧食。甚至還有一個特殊容器，裡頭以好幾個大氣的高壓儲存瓦斯，可提供旅客光和火。只要旋轉龍頭，這臺舒服的運輸車就可以得到足夠六天照明和取暖的瓦斯。看得出來，維持生活，甚至是維持舒適不可或缺的東西，一樣也不少。此外，多虧有米歇勒．阿爾當的天生才能，美觀性才得以用藝術品形式，與實用性結合。要不是空間太小，他可就要把他的炮彈改裝成一個眞正的藝術家工坊了。另外，假如大家以爲三個人待在這個金屬塔裡面一定很擁擠，那可就錯了。塔的底部面積大約有五十四平方英尺，高度爲十英尺，住在裡頭的賓主還是能擁有一定的活動自由，就是坐在美國最舒適的列車車廂裡也比不上這裡自在。

糧食和照明問題解決之後，剩下空氣的問題了。顯然，炮彈裡的空氣是不夠旅客們呼吸四天的。事實上，每個人在一小時內，就要消耗掉幾乎一百公升空氣裡的所有的氧。巴比卡納、他的兩位同伴，和他打算攜帶的兩條狗，二十四小時應該就會消耗二千四百公升的氧，或者以重量來計算，差不多是七磅。所以，必須要能更新炮彈裡的空氣。怎麼做呢？可經由

1 蒸汽鍋爐的爐體上開設的檢查口，方便對爐膽內部進行維修和清理。

雷塞和賀尼奧[2]兩位先生發明的一個相當簡單的程序。這一點，米歇勒．阿爾當曾在大集會的討論中提過。

我們知道，空氣主要包含二十一份的氧和七十九份的氮。而在呼吸時發生了什麼事呢？這是一個非常容易了解的現象。人體吸收空氣中的氧，它是維持生命必不可少的元素，並且把氮原封不動地吐出來。呼出的空氣中，失去將近百分之五的氧，卻也包含差不多同樣體積的碳酸，這是吸入的氧燃燒血液中的物質後，最終的產物。因此，在一個密閉的空間，過了一段時間之後，空氣中所有的氧氣就會被對人體有害的碳酸取代了。

因此，問題可以歸結如下：一、氮氣含量沒有變化，再製造出被吸收掉的氧；二、清除呼出來的碳酸。要達成這兩件事，沒有比利用氯酸鉀和苛性鉀更簡單的了。

氯酸鉀是一種白色片狀的鹽。當加熱溫度到達四百度以上時，它會把氧全部排散出來，轉變成氯化鉀，而十八磅的氯酸鉀可以釋放出七磅的氧，也就是旅客們二十四小時所需的氧氣量。這就是製造氧氣的方法。

至於苛性鉀，這種物質對混在空氣中的碳酸有極強的吸收力，只需搖晃它，就足以使它吸收碳酸，形成碳酸鉀。這就是清除碳酸的方法。

將這兩種方法合併起來，就確定能使污濁的空氣恢復到能增益精力的清爽品質。雷塞和賀尼奧兩位化學家曾經做過這樣的實驗，結果極爲成功。不過，直到當時爲止，都是以動物來做實驗。儘管這個方法具有極高的科學精確性，但是大家卻完全不知道人是否能夠承受。

大家爲了處理這個重大問題，曾經召開過討論會，這就是會中得到的觀察結論。米歇勒·阿爾當不願意讓人懷疑利用這種人造空氣生活的可能性，他提議在出發前先以他來做實驗。但是，馬斯通強烈要求獲得這份榮幸。

「既然我不能出發去月球，」這位正直的大炮發明家說，「最起碼也該讓我在炮彈裡住一星期。」

若是拒絕他就太不近情理了，他們順從了他的心願。大家於是準備足夠的氯酸鉀和苛性鉀，以及八天份的糧食供他支配。然後，十一月十二日早上六點，他先和他的朋友們握過手，並且特意囑咐不要在二十日晚上六點以前打開他的監獄，隨後就溜進炮彈裡，金屬門板也緊密地關上了。在這八天期間發生了什麼事呢？無法知道。炮彈壁很厚，裡頭的任何聲音都傳不到外面來。

十一月二十日，晚間六點整，門板被拉開了，馬斯通的朋友們仍舊憂慮得很。不過他們馬上就放心了，因爲他們聽見一個快活的嗓音，大叫了一聲烏拉。

2 雷塞（Jules Reiset, 1818-1896），賀尼奧（Henri Victor Regnault, 1810-1878），兩人皆是法國的化學家。

過了一會兒，大炮俱樂部祕書就帶著得意的勝利姿態，出現在錐形體的頂端，他變胖了！

馬斯通變胖了！

第二十四章　洛磯山脈的望遠鏡

去年十月二十日，募捐活動結束之後，大炮俱樂部主席曾經撥一筆款子給劍橋天文臺，做爲建造一座大型光學儀器的經費。這臺儀器，不管是折射望遠鏡或者反射望遠鏡，都必須具有足夠強大的威力，能看清楚月球表面一個至多九英尺寬的物體。

在折射和反射兩種望遠鏡之間有一個很重要的不同點，有必要在此提醒一下。折射望遠鏡的組成部分包括一根管子，管子上端有一個凸透鏡叫做物鏡，下端有第二片透鏡叫做目鏡，觀察者的眼睛就是貼著目鏡往外看。發光體射出的光線穿過第一片透鏡，經由折射，會在焦點[1]形成一個顛倒的影像，我們用目鏡來觀察這個影像，而目鏡像放大鏡一樣，會將影像放大。所以，折射望遠鏡的管子兩端各被一面物鏡和目鏡封住了。

相反地，反射望遠鏡的管子有一端是開放的。從被觀察的物體那兒放射出來的光線可以

1 光線在被折射以後，全都匯聚在一個點上，叫做焦點。（原文註）

自由地進入管子內，照射在一面金屬製的凹鏡上，也就是聚光鏡上。從這裡反射出來的光線碰到一面小鏡子，再反射到目鏡上，通過目鏡所產生的影像便放大了。

所以說，折射現象在折射望遠鏡的運用上扮演主要的角色，反射現象則是反射望遠鏡運作中的要角。前者因此被稱作折射鏡，而後者命名爲反射鏡。製造這些光學儀器的最大困難就在於製作物鏡，不管這個物鏡是透鏡或是金屬反光鏡。

然而，在大炮俱樂部進行它那偉大實驗的年代，這些儀器已經非常精良，並獲得了極佳的觀測結果。伽利略使用他那一架最多只能放大七倍的折射望遠鏡來觀測天體的時代，已經相當遙遠了。自從十六世紀以來，光學儀器就以可觀的規模加大、加長，使得人們對恆星空間的觀測，達到前所未知的深度。當時所使用的折射望遠鏡，有俄國布勒克瓦天文臺的望遠鏡，它的目鏡有十五英寸[2]（相當於三十八公分寬）；有法國光學家萊賀布爾製造的望遠鏡，目鏡與布勒克瓦的一樣大；最後，還有劍橋天文臺望遠鏡，它配備的目鏡直徑有十九英寸（相當於四十八公分）。

在反射望遠鏡中，我們知道有兩座威力非凡的巨型望遠鏡，第一座，是赫雪爾建造的，它的長度是三十六英尺，擁有一面寬四英尺半的反光鏡，可以將影像放大六千倍。第二座聳立在愛爾蘭比爾城堡帕森思頓公園裡，屬於羅斯伯爵所有。這座望遠鏡的管子長四十八英尺，反光鏡寬六英尺[3]（合一．九三公尺），能放大六千四百倍；重達二萬八千磅，必須建造巨大的水泥建築，來安置那些操作儀器時必要的機械工具。

看得出來，這些儀器雖然體積龐大，所得的放大倍數，化約為千位整數，卻沒能超過六千倍。然而，放大六千倍僅僅是把月球拉近了三十九英里，而且只夠瞥見直徑六十英尺的物體，除非這些物體特別長。

可是，現在觀察的對象是寬九英尺，長十五英尺的炮彈。因此必須把月球的距離拉近到五英里，為了做到這一點，望遠鏡必須能放大四萬八千倍。

這正是劍橋天文臺遇到的問題，它應該不會受到財政困難的阻礙，所以，剩下的就是物質上的困難了。

首先，必須在反射望遠鏡和折射望遠鏡之間選擇一種。折射望遠鏡比起反射望遠鏡擁有更多的優點。在物鏡相同的條件下，它的放大倍數較高，因為在折射望遠鏡上，光線是在穿過透鏡時被吸收而消耗；使用反射望遠鏡時，光線則是經過反射在金屬鏡子上而消耗，兩相

---

2 耗資八萬盧布，合三十二萬法郎。（原文註）

3 我們經常聽說有些折射望遠鏡的長度更長。其中有一座的焦距長三百英尺，是多明尼克．卡西尼在巴黎天文臺精心建置的。不過，要知道這座折射望遠鏡沒有鏡管。它的物鏡是由幾支長竿撐住，懸吊在半空中，觀看者手持目鏡，盡可能地對準物鏡的焦點來觀測。這樣的儀器使用上非常不方便，而且，要在這種情況下固定兩片透鏡的中心位置，也是一大困難。（原文註）

比較，前者的光線耗損量是比較少的。不過，透鏡有厚度的限制，因爲太厚的話，光線就無法穿透了。而且，這些巨大的透鏡製造起來極度困難，需要很長的時間，往往得花上好幾年。

因此，物像在折射望遠鏡裡會顯得比較亮，在觀測月球時，由於月球的亮光只是反射光，這會是相當寶貴的優點，雖然如此，大家還是決定採用反射望遠鏡，因爲這種儀器的製造時間較迅速，也比較可能獲得更高的放大倍數。但是，光線穿過大氣層時會喪失一大部分的強度，所以，大炮俱樂部決定把儀器放置在合眾國最高的山上，如此便可以減少空氣層的厚度。

關於反射望遠鏡，我們在上文已經提過，它的目鏡，也就是放在觀察者眼睛上的放大鏡，能產生放大作用；而物鏡要使物像的放大倍數達到最高，它的直徑就得最寬，焦距就得最大。爲了放大至四萬八千倍，物鏡大小必須超越赫雪爾和羅斯伯爵的望遠鏡非常多。這就困難了，因爲鑄造這些反光鏡是一項很精細的工作。

值得慶幸的是，幾年以前，法蘭西學院的一位科學家，雷翁·傅柯剛發明了一個方法，用塗銀的鏡子代替金屬反光鏡，使得磨光物鏡的過程更容易也更快速。只需澆鑄一片指定大小的玻璃，然後在上面敷一層銀鹽就行了。這個方法能得出非常優良的成果，因此就被劍橋天文臺採用來製造物鏡了。

此外，他們還採用赫雪爾製造他的望遠鏡時所設計的安裝方法。在這位斯勞[4]天文學家製造的大望遠鏡裡，物體的影像經由放置在管子底部的一面傾斜鏡子，反射到管子另一端的目鏡上。因此，觀測者不是位在管子的下半部，而是爬上管子的上半部，拿著他的放大鏡，俯身到巨大的圓柱型管子中進行觀測，這種組合方式有一個好處，就是撤掉了把物像反射到目鏡裡的小鏡子，物像只經過一道，而非兩道反射。因此，損失較少的光線，影像也因此較不模糊；最終，也能獲得更為明亮清晰的觀察結果，這對目前必須進行的觀測[5]來說，是一個可貴的優點。

採取了幾項決定之後，建造工程就展開了。依據劍橋天文臺辦公室的估算，這架新望遠鏡的管子應該有二百八十英尺長，反光鏡的直徑為十六英尺。這樣的一臺儀器雖然龐大，卻不能和天文學家虎克[6]幾年前提議建造的那座一萬英尺（合三公里半）長的反射望遠鏡相比。儘管如此，要建置這樣一座儀器仍舊會遇到不少困難。

關於放置地點的問題，很快就解決了。主要在於選定一座高山，而合眾國境內的高山並不多。

事實上，這個大國的山岳系統可簡化為兩條中等高度的山脈。壯麗的密西西比河流淌在這兩條山脈之間，假如美國人承認任何事物都能稱王的話，他們就會把這條河稱作「河流之王」了。

位在東部的是阿帕拉契山脈，最高峰在新罕布夏州內，高度不超過五千六百英尺，算是極普通的山。

相反地，西部的洛磯山脈卻是一座廣闊的山群，起始於麥哲倫海峽，沿著南美洲的西海岸綿延而上，這一段山系名爲安地斯山脈或科迪勒拉山脈，穿越巴拿馬地峽，向北美洲延伸，直抵北極海的海岸。

這些山都不很高，阿爾卑斯山脈或喜馬拉雅山應該會從它們雄偉的高處極度輕蔑地望著這些山吧。的確，它們的最高峰只有一萬零七百零一英尺，而白朗峰的高度是一萬四千四百三十九英尺，金城章嘉峰，海拔則是二萬六千七百七十六英尺。

但是，既然大炮俱樂部堅持，望遠鏡要像哥倫比亞大炮一樣，都建置在合眾國內，就只得

洛磯山脈的望遠鏡

滿足於洛磯山脈了。於是，一切必要的器材全都運到密蘇里州區內的朗斯峰上。

用盡筆墨和言語都無法完整述說美國工程師必須克服的各式各樣困難，以及他們以勇氣和純熟技術所完成的種種奇蹟。這眞是一場名副其實的壯舉，他們必須遠離人口聚集的都會中心，置身荒野地帶，在那兒，每件生存的細微瑣事都會變成幾乎無法解決的難題。他們必須穿越杳無人跡的草原、難以通行的森林，涉過令人害怕的急流，把巨大的石塊、沉甸甸的鑄鐵、奇重無比的角鋼、大型的鏡筒零件、重量將近三萬磅的物鏡，全都搬上高度超過一萬英尺，終年積雪的極限山區。無論如何，美國人的天才終究戰勝了這成千的障礙。在九月的最後幾天，工程開始後不到一年，這座巨型反射望遠鏡那支長達二百八十英尺的管子就豎立在空中，鏡筒被懸吊在一座巨大的鐵架上，一套精巧的機械裝置操作起來十分方便，可以將管子瞄向天空中的任何一點，還能追隨太空中運行的星體路徑，從地平線的一邊到另一邊。

---

4 位於英格蘭東南部，天文學家赫雪爾從中年以後的餘生，都居住在該地。

5 這類型的反射望遠鏡稱為「前視型望遠鏡」。（原文註）

6 虎克（Robert Hooke, 1635-1703），英國博物學家、發明家，近代科學發展的關鍵性人物，其人興趣廣泛，不管在物理學、機械學、天文學、生物學等領域都有傑出貢獻，被譽為「英國的達文西」。

7 喜馬拉雅山的第三大頂峰。（原文註）

望遠鏡的建造費用在四十萬美元[8]以上。當它第一次瞄準月球的時候，觀察員的心情又好奇又不安。這座望遠鏡能把觀測物體放大四萬八千倍，他們將會在這座高倍數儀器的視域裡發現什麼呢？會不會發現月球的居民，成群的月球動物、城市、湖泊、海洋呢？沒有。他們看到的一切，都是科學界早已知道的。而月球的火山地質，都可以從月輪的每一個角落，得到極爲精密的證實。

不過，這座洛磯山脈的望遠鏡在供大炮俱樂部使用之前，倒是對天文學有極大的用處。由於它威力強大，能看得極遠，凡是天空深處可觀察到的範圍，都被探測了，許多恆星的視直徑也都被精確地測量。劍橋辦公室的克拉克先生便測定了金牛座的蟹狀星雲，這一項成果是羅斯伯爵的反射望遠鏡絕對無法辦到的。

8 相當於一百六十萬法郎。（原文註）

第二十五章　最後準備的細節

十一月二十二日。十天以後就要動身出發了。目前唯獨剩下最後一項需要好好完成的程序，這是一件精細、危險，必須極度小心從事的工作，尼修勒船長曾經押下第三筆賭注，說它不會成功。的確，這個工作就是裝填哥倫比亞大炮，也就是把四十萬磅的火棉放進炮筒裡。尼修勒曾認爲，搬動份量如此嚇人的低氮硝化纖維素將會引起嚴重的災難，而且，不管怎樣，這麼一堆極容易爆炸的物質，在炮彈的重壓之下，也會自行燃燒，他的想法或許不無道理。

在南北戰爭期間，美國人總是不以爲意地叼著雪茄裝填炮彈，他們這種輕率、無憂無慮的態度，更增加了這次作業將面臨的危險的嚴重性，但是，巴比卡納時時把成功掛在心上，絕不想在港口擱淺，因此他選擇了手下一批最優秀的工人，讓他們在自己的面前工作，他的目光不曾離開他們片刻。由於謹愼小心和預防措施，他得以把所有成功的機會都攏到自己這一邊。

首先，他避免將所有的火藥一次全運到石頭崗的圍欄內。他要工人將這些塡裝物裝在完全密封的彈藥車裡，一點一點地送來。四十萬磅的低氮硝化纖維素分裝成五百磅一份的包裹，總計是八百份，全都一一放進由彭薩科拉最熟練的軍火工人所製造的八百個大型彈藥桶中。每輛彈藥車可容納十桶，這些車一輛接一輛經由坦帕城的鐵路抵達石頭崗。藉這個方法，放在圍欄內的低氮硝化纖維素的量同一次絕不超過五千磅。車子一到達，工人立刻赤著腳走過來卸下火藥，並將彈藥桶運到哥倫比亞大炮的炮口，再用人力操作起重機，把桶子放進大炮裡。所有的蒸汽機都被搬得遠遠的，方圓兩英里內，任何一點小火都必須熄滅。即便已經十一月了，要讓這麼大批的火棉不受到太陽熱力的影響，仍然十分不容易。因此，工人們寧可在夜間的燈光照射下工作，這種燈光是在眞空裡產生的，它利用魯姆科爾夫裝置[1]創造出「人工白晝」，把哥倫比亞大炮的底部也照得通亮。在那裡，一桶桶的火藥排列得非常整齊，桶子之間都有一條金屬線相連，它能把電火花同時傳送到每個彈藥桶的中心。

事實上，他們準備用電池來點燃火棉。所有包裹著一層絕緣物質的電線，在一個與炮彈擺放位置齊平的小孔處結合成一條，然後穿越厚實的鑄鐵壁，經由一個在石頭護牆上特別爲電線保留的通氣孔，一直往上升至地面。電線到達石頭崗的高處之後，就掛在一排電線桿上，一路延伸兩英里，穿過一個開關器，和一個威力強大的本生電池[2]連結。所以，只需用手指按下開關器的按鈕，電流就即刻接通，四十萬磅的火棉也會開始燃燒。當然了，電池只在最後時刻才會啓動。

十一月二十八日，八百個彈藥桶全都放置在哥倫比亞大炮的底部了。這部分的工程已經圓滿成功。但是，巴比卡納主席歷經了多少煩惱、憂慮、掙扎呀！他曾經禁止外人進入石頭崗的圍欄內，卻沒有用。每天總會有好奇的人翻過柵欄，其中某些人簡直輕率到瘋狂的地步，居然來到彈藥桶間抽菸。巴比卡納天天都憤怒得想揍人。馬斯通盡其所能地幫忙他，拚命地驅逐擅自闖入圍欄裡的人，撿拾美國佬四處亂扔，尚未熄滅的菸蒂。這實在是項艱難的工作，因為圍欄周圍擠了三千多人哪。米歇勒．阿爾當表示願意護送彈藥車直到哥倫比亞大炮口，但是，他自己卻在追趕那些冒失者的時候，嘴裡銜著一支大雪茄，著實給他人做了最壞的示範，這一幕被大炮俱樂部的主席撞見了。他非常明白，不能指望這位什麼都不怕的吸菸漢，只得派人特別監視他。

總之，這些大炮發明家是受神庇護的，什麼也沒爆炸，填裝火藥的工程順利完成。尼修勒船長因此極有可能輸掉他的第三項賭注。接下來的工作，只剩下把炮彈裝進哥倫比亞大炮裡，放在厚厚的火棉層上。

---

1 魯姆科爾夫裝置是指一種感應線圈，由德國工程師魯姆科爾夫（Heinrich Daniel Ruhmkorff, 1803-1877）發明，可以做為高壓發電機使用。

2 德國化學家羅伯特．威廉．本生（Robert Wilhelm Bunsen, 1811-1899）發明的碳鋅電池。

但是，在進行這項作業之前，必須先把旅行必備的物品依序安放到「炮彈－車廂」內。東西數量相當多，假如讓米歇勒．阿爾當任意安排，貨物很快就會侵占了保留給旅客的位子。這位可愛的法國人打算攜帶上月球的東西，是大家想像不到的，盡是一些十足無用的劣貨。不過，巴比卡納出面干涉，才設下限制，只能帶必不可少的東西。

工具箱放進了好幾支溫度計、氣壓計和望遠鏡。

旅客們都渴望能在旅途中觀測月球，爲了更容易勘測這個新世界，他們帶了一份比爾和蒙德雷爾繪製的優質地圖，這一本分成四頁出版的月面圖，被公認爲是在耐心與觀測上的眞正傑作。這個天體朝向地球那一面的每個細節，在月面圖上都一絲不苟地精準重現。山脈、谷地、環狀山谷、火山口、山峰、凹槽都看得清清楚楚，大小比例正確，方位走向符合實際。而它們的名稱，從高峰聳立在月盤東半部的多愛菲勒山和萊布尼茲山，一直到延展到北極地帶的冷海，都明白地標示出來。

所以，對旅客來說，這是一份相當珍貴的資料，因爲他們在尚未登陸這個新世界之前，就已經可以研究它了。

他們也帶了三支來福步槍和三支打獵用，能發射炸裂彈的卡賓槍，此外，還有大量的火藥和獵槍專用的鉛沙。

「我們不知道會和誰打交道，」米歇勒．阿爾當說。「那裡的人或動物可能認爲我們的拜訪不安好意呢！所以，必須要做些防範。」

和防身武器擺放在一起的，還有十字鎬、鶴嘴鎬、手提式鋸子以及其他不可或缺的工具，更不用提那些適合不同氣溫穿著的衣服，從極地的寒冷到熱帶的炎熱，樣樣都準備了。

米歇勒．阿爾當原本想在這趟遠征裡帶上一些動物，不過不用所有的種類都各帶一對，因爲他看不出有必要把蛇、老虎、鈍吻鱷和其他有害的動物引進月球。

「不，」他對巴比卡納說，「但是帶幾頭供差使的牲口，公牛或者母牛，驢或者馬，不但可以美化月球的風景，對我們也很有用處。」

「我同意，親愛的阿爾當，」大炮俱樂部的主席回答，「可是我們的炮彈車廂不是諾亞方舟。它既沒有多餘的容納空間，也沒有這種用途。所以，我們還是做我們能力可及的事就好了。」

經過長時間的討論，旅客三人最後決定，只帶尼修勒那隻優秀的母獵犬和一條強壯有力的紐芬蘭狗。好幾箱最有用的種子也歸入不可缺少的物品當中。若是讓米歇勒．阿爾當自己作主，他一定也會帶上幾袋子的泥土，準備在月球播種。不管怎麼說，他還是拿了十二株左右的小樹苗，用稻草小心翼翼地包裹，放在炮彈車廂的角落。

現在剩下重要的糧食問題，因爲還必須考慮到他們可能會在月球上絕對貧瘠的地方登陸。巴比卡納準備充分，帶了足夠一年吃的食物。不過，爲了不讓人感到訝異，應該補充說

炮彈內部

明一下，這些糧食包括罐頭的肉類和蔬菜，都是用液壓把它們縮減到最小的體積，同時保留大量的營養成分。糧食的菜色並不多樣，但是，在這樣的遠征裡，實在不應該要求太高。另外還儲備有多達五十加侖[3]的燒酒和只夠兩個月喝的水。事實上，根據天文學家近期的觀測，任何人都不會懷疑月球表面存在若干份量的水。至於糧食，大概只有瘋子才會相信，地球居民在那上頭找不到東西吃；米歇勒．阿爾當對這方面毫不懷疑，假如有懷疑，他就不會決定出發了。

「再說，地球上的伙伴是不會完全拋棄我們的，」一天，他對他的朋友們說，「他們會想辦法不忘記我們的。」

「當然不會忘記。」馬斯通回答。

「你這句話是什麼意思？」尼修勒問道。

「再簡單不過了，」阿爾當回答，「哥倫比亞大炮不是一直都在那兒嗎？好啦！每次月球在有利的條件下出現在天頂的時候，即使不是在近地點也無妨，也就是說大約每年一次，他們不是可以和我們約定一天，給我們送一顆裝滿糧食的炮彈來嗎？」

「烏拉！烏拉！」馬斯通彷彿拿定主意似地高喊；「這可眞是個好意見！當然了，正直

---

3 大約是二百公升。（原文註）

的朋友們，我們不會忘記你們的！」

「我正指望如此呢！所以，你明白了，我們將可以按時收到地球的消息。至於我們這方面，假如沒找到和地球上的好朋友聯繫的辦法，那我們可就太笨了！」

這些話顯示出無比的信心，再加上米歇勒．阿爾當態度果敢，堅定且極有把握，使得大炮俱樂部的所有會員都恨不得也能追隨他的腳步動身。經由他的述說，事情看起來簡單、明瞭、容易進行，保證成功，只有那些眼界十足狹隘的傢伙，才會堅持留在這個水陸形成的地球上，不跟三位旅客一起長征月球。

當各類不同的物品全都放置到炮彈內的時候，用來產生彈力作用的水也灌進板壁之間，照明用的瓦斯也加壓裝到它的容器裡了。至於製造氧氣用的氯酸鉀和能吸收碳酸的苛性鉀，巴比卡納擔心途中會意外耽擱，所以足足帶了兩個月的用量。一臺精巧無比，而且可自動運轉的機器全程擔負這個淨化空氣，使其恢復新鮮品質的工作。炮彈就這麼準備好了，只要把它放進哥倫比亞大炮裡就大功告成。然而，這卻是一項充滿困難和危險的工程。

巨大的炮彈被運到石頭崗的最高處。幾臺強大的起重機抓起它，把它懸吊在金屬井的上空。

這是一個驚心動魄的時刻。萬一鐵鍊撐不住龐大的重量，突然斷了，墜落的炮彈鐵定會使火棉燃燒起來。

幸好什麼意外也沒發生，幾個小時之後，炮彈列車就輕輕地下降到大炮的炮膛裡，安放在那一層低氮硝化纖維素上，這可是一塊能引發爆炸的鴨絨墊。炮彈的壓力除了使哥倫比亞大炮內的火藥塡得更緊實之外，沒有其他影響。

「我輸了，」船長說，一面把三千美金交給巴比卡納主席。

巴比卡納不願意接受同行旅伴拿出的這筆錢。但是，尼修勒非常固執，堅持在離開地球以前履行他所有的承諾，巴比卡納只能讓步了。

「那麼現在，正直的船長，」米歇勒·阿爾當說，「我只想祝福你一件事情。」

「哪一件？」尼修勒問。

「祝你再輸掉另外兩筆賭注！這麼一來，我們就肯定不會停留在半路上了。」

第二十六章　發射！

十二月的第一天到來了，這是決定成敗的關鍵日，因爲，假如炮彈不在當天晚上十點四十六分四十秒時發射，就必須再經過十八年以上，月球才會在同時位於天頂和近地點的相同條件下再次出現。

天氣非常好。儘管冬天快到了，依舊陽光普照。地球正沐浴在太陽散放的耀眼光芒中，即將有三位居民遠離這裡，奔向新世界。

在大家焦急渴望著的這一天來臨前的那個夜晚，有多少人輾轉難以入睡呀！多少胸膛被等待著的沉沉重負給壓得透不過氣來啊！所有的心都因爲擔憂而突突直跳，只有米歇勒·阿爾當除外。這位沉著的人物和平常一樣，忙碌地來來去去，看不出他有任何特別的掛慮。他睡得很安穩，是那種戰鬥之前躺在大炮座架上，依然能入睡的蒂雷納式睡眠。

自早上起，在石頭崗周圍那一望無際的草原上，就擠滿了數不清的人群。坦帕的鐵路每隔十五分鐘還會載來一批新到的好奇群眾。這些從他處湧進來的「短期移民」很快就達到令人驚奇的龐大規模。根據《坦帕觀察報》的統計，在這個值得紀念的一天裡，共有五百萬名觀眾踏上佛羅里達的土地。

一個月以來，其中絕大部分的人都在圍欄的四周露營，奠定了從那時起就被稱做阿爾當城的城市基礎。原野上到處豎立著臨時搭建的木板屋、簡陋的窩棚、茅屋、帳篷，棲身在這短暫住所裡的人口，爲數眾多，足以讓那些歐洲最大的都市稱羨不已。

自早上起，就擠滿了數不清的人群……

這裡有著地球上各個民族的代表，可以同時聽見世界各地的不同方言。那種語言混雜的

---

1 蒂雷納（Turenne, 1611-1675），法國的貴族、軍事家，也是法王路易十四的大元帥。

盛況，簡直就像聖經時期的巴別塔[2]。美國社會的不同階級在這裡以絕對平等的方式混合共處。銀行家、耕作者、水手、送貨員、經紀人、種植棉花的地主、協商代表、船夫、行政官員，都帶著毫不拘禮的原始本性相互交流著。來自路易斯安那的歐洲移民後代與印地安那的農夫稱兄道弟；肯德基和田納西的紳士，傲慢又風雅的維吉尼亞名流，和大湖區的半開化獵人，以及辛辛那提的牛販子，你一言我一語地談天說地。他們戴著寬邊白海狸毛皮帽，或者巴拿馬的傳統草帽，穿著奧珀盧薩斯[3]作坊的藍棉布長褲，披著漂亮的本色布罩衫，腳上套著顏色鮮豔的高幫皮鞋，炫耀著他們那圖樣奇特的細麻布花邊，賣弄著他們襯衣上、袖口處、領帶處、手指上，甚至耳朵上，一整套的戒指、別針、鑽石、鍊子、耳環、小飾物，這些閃閃發光的首飾，在昂貴與庸俗的程度簡直不相上下。婦女、小孩、僕役的打扮也同樣華麗，他們或前或後地伴隨著，圍繞著丈夫、父親、主人，使他們像極了置身在眾多家族成員中間的部落首領。

在吃飯時間，實在應該來瞧瞧所有人用餐的模樣，他們朝著美國南方特有的菜餚撲過去，大口大口地吞嚼這些對歐洲人腸胃來說，可能難以下嚥的食物，像是燉青蛙、燜猴肉、雜燴魚羹[4]、烤美洲負鼠、帶血的負鼠肉，或者燒烤浣熊肉排。這些人的胃口奇大，恐怕佛羅里達的食物就要不敷供應了。

不只如此，還有許多不同系列的酒品和飲料用來佐配這些難以消化的食物呢！酒吧間或小酒館裡擺滿玻璃杯、大啤酒杯、小瓶子、長頸大肚瓶、奇形怪狀的大瓶子、研磨糖粉的石臼，以及一包包的麥稈吸管，在那裡頭迴盪著的，是多麼令人興奮的叫聲與打動人心的喧鬧呀！

「這一杯是薄荷朱利普[5]！」一位酒店老板用響亮的聲音呼叫著。

「這是一杯加了波爾多葡萄酒的桑格莉亞[6]！」另一位賣酒的商人回報以刺耳的尖叫聲。

「金司令[7]！」這一位重複吆喝著。

「雞尾酒！撞擊白蘭地[8]！」另一位高聲喊。

---

2 聖經《創世紀篇》中記載的故事。人類原本只說一種語言，他們聯合起來，企圖建立一座塔頂通天的高塔。上帝為了避免人類變得無所不能，於是將語言打亂，使人類無法彼此溝通，建塔的計畫因此失敗。

3 路易斯安那州的第三大古老城市。

4 英文fish-chowder是用各種不同的魚類熬煮成的濃湯。（原文註）

5 薄荷、糖漿、威士忌加冰塊攪拌成的雞尾酒，是美國南方的代表文化之一。

6 西班牙傳統的酒精飲料，主要成分為紅葡萄酒和水果片。

7 用杜松子酒、汽水、糖漿、冰塊調製而成。

8 又稱為白蘭地薄荷搗酒。

「誰來嘗一嘗時下最流行的眞品薄荷朱利普？」幾個機靈的商人呼喊著，只見他們像魔術師玩弄小軟木球一般，把糖、檸檬、綠薄荷、碎冰、水、科涅克白蘭地和新鮮的鳳梨，快速調製成一杯又一杯清涼的飲料。

平日，這些爲了招攬受香料刺激而乾渴的喉嚨，此起彼落的呼喊聲總在空氣裡穿越，不斷重複，形成一片讓耳朵吃不消的吵鬧聲。但是，十二月一日那天，這類叫賣聲稀疏零落，小販就算叫啞了嗓子也引不起顧客的興趣。沒有人想吃，也沒有人想喝。到了下午四點鐘，有多少在人群中走動的觀眾還沒有用過午餐啊！另一個更富意義的徵兆是，此時的激動情緒戰勝了美國人對各類遊戲的強烈熱情。滾木球遊戲的小木柱側躺在地上，克雷皮斯[9]的骰子在圓錐形皮杯子裡睡著，賭博輪盤靜止不動，克里巴奇牌戲[10]被棄置一旁，惠斯特牌、二十一點、紅與黑、蒙特牌以及法侯牌，都原封不動地放在盒子裡，當你看到這番景象，就會明白當天的大事正把其他需求都吸收掉了，使得任何娛樂都沒有活動的餘地。

直到晚上，焦慮的人群之間始終流竄著一股隱隱的騷動，就如同大災難來臨前夕一樣，聽不到喧嘩聲。有種無法形容的不安，盤據在大家腦中，那是一種令人難受的模糊感，一種讓人痛苦，卻又難以確定的情感，每個人都恨不能「趕快結束」。

然而，將近七點的時候，這有如重擔一般的沉默突然消散了。月亮從地平線緩緩升起，好幾百萬的烏拉聲迎接她的出現。她是準時赴約了，歡呼聲直上高空，鼓掌聲從四面八方響起，金髮的芙蓓在晴朗的夜空裡安詳地閃耀著，用她最深情的光輝，輕撫著這如癡如醉的群眾。

這時候，三位勇敢的旅行者出現了。一看到他們，呼喊聲更加響亮，美國國歌霎時從所有激動喘息的胸膛中傳了出來，簡直是一致同聲，由五百萬人合唱的〈洋基歌[11]〉宛如一場音響風暴，扶搖直上，一路攀升到大氣層的邊際。

在這無法抗拒的興奮過後，接著，歌聲停止，最後的幾個和弦聲逐漸消熄，喧鬧聲也散了，一片輕細的低語，浮盪在深深感動的群眾上方。此時，法國人和兩位美國人早已穿越圍欄，進入保留區，圍欄外擠滿無數群眾。陪同他們一起進來的，有大炮俱樂部的會員，和歐洲各地天文臺派遣的代表團。巴比卡納冷靜沉著，平靜地發布最後幾道命令；尼修勒嘴唇緊閉，雙手交叉放在背後，步履堅定地走著；米歇勒．阿爾當和往常一樣無拘無束，一身道地的旅行裝，腳上套著皮質鞋罩，側背著獵人用的皮腰包，寬大的栗色絲絨衣服鬆鬆地掛在身上，他嘴裡叼著雪茄，沿路走來，頻頻熱絡地和群眾握手，就像王子一樣大方。他興致無

9 源自英國的骰子遊戲。
10 北美洲非常流行的紙牌遊戲
11〈洋基歌〉（Yankee Doodle），美國獨立戰爭期間流行的愛國歌曲。

窮，有著源源不絕的歡樂，始終笑著，說玩笑話，像個孩子似地和高貴的馬斯通開玩笑。總歸一句，他直到最後一秒，都還是很「法國人」，更糟糕的說，都還是很「巴黎人」。

十點的鐘聲響了，到了進入炮彈裡就坐的時刻。下降到井裡，旋轉關閉門板，撤離起重機和拆除靠在哥倫比亞炮口上的鷹架，這些必要的操作都需要一些時間。

巴比卡納已經將他那誤差不超出十分之一秒的馬錶，與工程師莫爾奇森的錶對好了時。這位工程師負責用電火花點燃火藥，這樣一來，封閉在炮彈內的旅客就可以用眼睛注視這支不受情感左右的指針，看著它指出他們出發的確切時刻。

是該道別的時候了，那場面著實令人動容。米歇勒．阿爾當雖然處在興奮的狂熱中，仍不免受到感動。馬斯通早已在他那乾涸的眼皮下找到一滴老淚，這無疑是他爲這個時機特地保留的。他把這淚水拋灑他那親愛的、正直的主席的前額上。

「要是我也一起出發呢？」他說，「現在還來得及！」

「不可能的，我的馬斯通老兄。」巴比卡納回答。

一會兒之後，三位旅伴已經在炮彈內安頓好了，他們從裡面旋緊出口門板的螺絲，哥倫比亞大炮的炮口完全沒有任何遮蓋，自由自在地指向天空。

尼修勒、巴比卡納，和米歇勒．阿爾當終於關在金屬車廂裡，與外界隔絕了。

全體群眾都激動到了極點，當時的情感有誰能描繪得出呢？

月亮在純淨明朗的天空中緩緩前進，在它行經之處，閃爍的星群都失去了光輝。當時它正走過雙子星座，來到接近地平線和天頂中間的位置。每個人應該很容易就能了解，我們要瞄準目標的前方，就像獵人瞄準他想射擊的野兔的前方一般。

懾人的寂靜籠罩著全場，大地上沒有一絲風！胸膛裡沒有一點呼吸！那一顆顆心都不敢再跳動了。所有驚慌的目光緊盯著哥倫比亞大炮張開的炮口。

莫爾奇森的眼睛追隨著他的馬錶指針，離出發時刻只差四十秒了，每一秒鐘都漫長得像一個世紀。

到第二十秒的時候，所有人都微微顫慄。這些群眾忽然想到，關在炮彈裡的英勇旅行家們也正在數著這可怕的幾秒！人群中傳來幾聲單獨的呼喊：

「三十五！——三十六！——三十七！——三十八！——三十九！——四十！發射!!!」

莫爾奇森立刻用手指按下機器開關，接通電流，把電火花傳送到哥倫比亞大炮的深處。

一個從來不曾聽過的，非比尋常的可怕爆炸聲在一瞬間產生，不論是雷電的巨響，還是火山爆發的轟隆聲，任何聲音都無法給這聲爆炸一個概念。一束巨大的烈火像火山噴發一樣，從地下的深處噴射而出。大地彷彿一下子翻騰起來，只有少數幾個人在一剎那間，得以勉強瞥見炮彈在火紅的濃煙中勝利地劃破長空。

發射!!!

第二十七章　陰霾

當一束白熾的火光衝向天際，直達那不可思議的高度時，噴放出來的烈焰把整個佛羅里達都照亮了，在這無法估量的片刻之間，在一大部分的土地上，白晝取代了黑夜。像巨大羽毛飾一般的熊熊火光，在一百英里處之外的墨西哥灣和大西洋，都能看得到，不止一位船長在航海日誌上記載了這顆龐大流星。

伴隨哥倫比亞大炮巨響而來的是一場十足的大地震，彷彿就連佛羅里達的地底深處也在晃動。在高溫下膨脹的火藥氣體，以無法比擬的猛烈威力推開大氣層，這個比暴風雨的颶風還要快上一百倍的人造颶風，像龍捲風一樣穿越天空。

在場的觀眾沒有一個是站著的，男人、女人、小孩，全都像狂風暴雨下的麥穗一樣倒在地上。接著而來的是一陣難以表達的嘈雜與紛亂，許多人都受了重傷，馬斯通過於疏忽，站得太近，眼見自己被往後扔出了二十托瓦茲遠，有如一枚圓炮彈一樣從他的同胞頭頂上飛過。三十萬人一時之間什麼也聽不見，彷彿喪失了知覺一般。

大氣氣流先是撞翻木板屋，推倒棚子，把二十英里範圍內的樹木連根拔起，把鐵軌上的火車一直趕到坦帕；之後，又如雪崩般猛烈襲擊這個城市，摧毀了一百多棟房屋，聖瑪莉教堂是其中之一，新建的交易所大廈從上到下裂出了一條大縫；港口的幾艘船互相撞在一起，全都筆直沉入海底，十幾條在停泊場裡拋下錨的船隻，像扯斷棉線一樣，拉斷了它們的鐵鍊，衝向海岸邊。

但是，破壞的範圍還延伸得更遠，超出了美國疆界。大炮反衝力的影響，在西風的推助下，連遠在美國海岸三百英里外的大西洋上，都受到波及。一場人造風暴，一場海軍上將菲茨羅伊都無法預知的意外風暴，以前所未聞的強大威力，朝著船隻撲過去。幾艘巨輪被捲進可怕的旋風之中，還沒來得及收帆，整艘船就連同船帆一起沉沒海底，當中有一艘是來自

發射後的效應

利物浦的恰爾德－哈羅德號，這次令人惋惜的災難因此成爲英國人最激烈指責的目標。最後，再補充一點，儘管這件事只獲得幾個當地土著的證實，在炮彈發射半小時之後，格雷和獅子山共和國[2]的居民都說，曾經聽到一陣低沉的震動，這是聲波的最後轉移，它穿越了大西洋，消失在非洲海岸上。

但是，應該再回到佛羅里達上來。第一時刻的嘈雜過去後，受傷的人、耳朵暫時聾了的人，總之，所有的群眾都清醒過來，緊接著是狂熱的呼喊聲直衝雲霄：「烏拉，阿爾當！烏拉，巴比卡納！烏拉，尼修勒！」幾百萬人的鼻子朝向天空，拿起各式的望遠鏡──反射的、折射的、小型觀劇用的，察看著夜空，大家都忘了身上的挫傷與激動的情緒，只全心全意關注炮彈。可是，他們搜尋了好一陣子，都是徒勞無功。已經看不見了，只能定下心來，等候朗斯峰的電報。劍橋天文臺臺長[3]此刻正位於洛磯山裡的崗位上，觀測的任務老早就交給了這位經驗豐富又不屈不撓的天文學家。

---

1 羅伯特・菲茨羅伊（Robert Fitz-Roy, 1805-1865），英國海軍將領、水文地理學家、氣象學家，曾任英國氣象局局長，負責天氣預報工作。

2 格雷（Gorée）位於大西洋上，是西非塞內加爾近海的一個小島。獅子山共和國（Sierra Leone），非洲西部大西洋沿岸的國家。

3 也就是貝勒法斯特先生。（原文註）

然而，一個容易預料，卻沒能料到，而且又讓人無能爲力的現象，不久便讓公眾的耐心受到嚴酷的考驗。

截至當日，一向晴朗的天氣突然起了變化，陰沉的天空布滿烏雲。經過了四十萬磅的低氮硝化纖維素燃燒後引發的大量氣體擴散，以及大氣層猛烈的移動之後，難道還會產生其他結果嗎？整個自然秩序已經被擾亂了。這也沒什麼好訝異的，因爲在海上戰鬥中，我們早已見慣炮火驟然改變大氣層狀態的情況了。

崗位上的臺長

隔天，太陽上升到烏雲密布的地平線上，那是拋擲在大地和天空之間，一層厚重、無法穿透的簾幕。不幸的是，它一直延伸到洛磯山脈地帶。這是天命。地球各處掀起一片抗議，但是，大自然並不爲所動，事實擺在眼前，既然人類用自製的爆炸擾亂大氣，他們就得承受隨之而來的後果。

在炮彈發射後的第一天，每個人都努力試圖望穿這層不透光的雲幔，但這全是白費力氣。再說，大家這樣把眼光朝向天空，其實是錯誤的，因爲，地球轉動了一夜，炮彈這時無疑正沿著地球另一面的直線疾速行駛。

無論如何，當黑夜包圍大地的時候，這樣漆黑，伸手不見五指的夜晚，即使月球再度升上天際，卻也無法看到它。簡直可以說，月球是有意要避開先前朝它射擊的那些莽撞者的眼光。因此不可能進行觀測，朗斯峰的電報也證實了這項無預警的惱人情況。

不過，假如發射實驗成功，在十二月一日晚上十點四十六分四十秒出發的三位旅行家，要到四日的午夜才會到達。所以，在那個時間之前，大家也就耐著性子等待，沒有太過高聲叫嚷，因爲，在目前的條件下，要觀測一個像炮彈一樣小的物體，畢竟也是相當困難的。

十二月四日，晚上八點到午夜，要是可以觀察炮彈行蹤的話，它應該會像一個黑點般出現在明亮的月盤上。但是，天氣依舊無情地滿布烏雲，這可使得群眾憤怒到了極點，大家竟然開始辱罵起這個不露面的月球。人世間的冷暖眞是令人傷心啊！

失望灰心的馬斯通於是動身前往朗斯峰，他希望能親自觀測。他沒有懷疑他的朋友們已經到達旅行目的地。更何況，大家都不曾聽說炮彈墜落到地球上的海島，或是大陸的某一處，而馬斯通一刻也不相信炮彈會掉落在覆蓋地球四分之三面積的海洋裡。

五日，同樣是陰天。幾架古老歐陸的大型天文望遠鏡，如赫雪爾、羅斯、傅柯等人的，全都瞄準這顆黑夜的星體，因爲歐洲的天氣恰好萬里無雲。可是，這些儀器的放大倍數比較弱，無法進行有效的觀測。

六日，天氣仍舊一樣。地球上四分之三的人都焦急如焚。居然有人建議起最荒誕的方法，要驅散堆積在天空中的烏雲。

七日，天氣似乎有了一些轉變。大家都滿心期待，可是，這個希望並沒有維持太久，到了晚上，厚重的雲層再度使人無法窺見星空。

這時，情況變嚴重了。原來，十一日上午九點十一分起，月亮就要進入下弦月時期。過了這天之後，月球的明亮部分將會逐漸縮減，即使天空放晴，能觀測到的可能性也會大大降低。事實上，到了那時候，月球顯露出來的月輪區域只會越來越小，最後將變成新月，也就是說月球和太陽一起升起和落下，陽光使人完全看不見月球。所以必須等到一月三日中午十二點四十四分，月亮進入滿月時期以後，才能再開始進行觀測。

各種報刊紛紛公布這些考量，還加上許多註解，並且不斷告知大眾，必須抱持無限的耐心來等待。

八日，毫無進展。九日，像是要嘲弄美國人似的，太陽現身了片刻。大家對著這顆白晝的星體噓聲四起，大概這樣的待遇讓它傷心了，它非常吝於展現光芒。

十日，沒有變化。馬斯通差點兒瘋掉，大家都替這位高貴人士的腦子擔心，這個頭腦一直以來可都是被馬來橡膠的頭殼保護得非常好。

但是十一日，大氣裡颳起了一場熱帶地區內特有的可怕暴風雨。猛烈的東風把連日來聚集的烏雲全掃除了，到了晚間，這顆已消失了半邊月輪的黑夜星體，莊嚴地出現在充滿明朗星座的天空中。

第二十八章　一顆新星

當天夜裡，受到無數焦急等待的那則激動人心的消息，像是雷電一樣迅速在合眾國各州之間傳開，接著，從美國國土一路越過大西洋，循著地球上所有的電話線向外傳播。科學家已經透過朗斯峰的巨型反射望遠鏡看見炮彈了。

以下是劍橋天文臺臺長撰寫的報告，內容包含對大炮俱樂部這個偉大實驗的科學性結論。

朗斯峰，十二月十二日。

致劍橋天文臺辦公室的成員們：

貝勒法斯特和馬斯通在十二月十二日晚上八點四十七分，月亮開始進入下弦月時期的時候，觀測到石頭崗的哥倫比亞大炮所發射出的炮彈。

這枚炮彈並沒有抵達它的目的地。它從月球的旁邊經過，但是距離月球相當近，所以被月球的引力吸住了。

在月球引力圈裡，它的直線運動已經變成令人暈眩的高速圓周運動，它被牽動著，在月球周圍的橢圓形軌道上移動，成爲一顆眞正的衛星。

有關這顆新星的數據還沒辦法完全確定。我們對它移動和轉動的速度都不清楚。估計它離月球表面的距離大約是兩千八百三十三英里。

目前，對於未來情況的變化，有兩個假設：

或者月球的引力最終勝過其他外力，旅行家們就能到達他們的目的地；

或者，炮彈的狀態維持不變，它將會環繞月球運行，一直到世界末日。

日後的觀測將會讓我們了解進一步發展，但是，截至今日爲止，大炮俱樂部的實驗除了讓我們的太陽系多添一顆新星之外，尚未有其他的成果。

貝勒法斯特

這個出乎意料的結局引來多少問題啊！在未來的科學探究領域裡，還存在著多少不爲人知的祕密啊！多虧這三個人的勇氣和犧牲奉獻，發射炮彈到月球，這樣一個表面上看起來相當無關緊要的事業，方能獲得巨大的成果，而它帶來的影響是無法計量的。禁閉在新衛星裡的旅客們，即使沒有抵達他們的目的地，至少也成爲月球世界的一部分。他們環繞著黑夜的星體移動，使人類的眼睛第一次能夠窺探它所有的奧祕。尼修勒、巴比卡納、米歇勒·阿爾當這些名字，必將因此永遠在天文學的大事紀上赫赫有名，因為這幾位渴望擴大人類知識範圍的大膽冒險家，曾經果敢地衝進太空，拿自己的生命冒險，投入到近代最不可思議的實驗當中。

無論如何，在得知朗斯峰的報告之後，全世界無不感到驚奇和恐懼。是否能幫忙這些勇敢的地球居民呢？無疑是辦不到的，因為他們跨越了上天給地球生物設下的界線，已經置身在人類共同圈之外了。他們的配備足夠供給兩個月的空氣。他們有一年份的糧食。可是，之後呢……？一想到這個可怕的問題，就連最冷漠的心都要為之怦怦悸動。

只有一個人不願意承認他們的處境毫無希望，只有一個人還懷抱信心，這個人就是那位和他們一樣勇敢堅定的忠誠朋友——正直的馬斯通。

況且，他的眼睛時時注視著他們，朗斯峰的觀測站從此成了他的住所，他的視野就是那座巨大望遠鏡的反射鏡。月亮一升上地平線，他隨即把它框在望遠鏡的視域裡，他的目光片刻也沒有離開它，他毫不間歇地追隨它穿越星空，他以恆常的耐心，觀察炮彈行經銀色的月輪。確實，這個高貴的人就這樣持續和他的三位朋友保持聯繫，他沒有放棄希望，他相信總有一天會再見到他們。

「只要情勢許可，我們會和他們聯繫上的，」他對願意聽他說話的人說道，「我們會得知他們的近況，他們也會有我們的消息！再說，我很了解他們，他們都是富於創造才能的人，他們三個把藝術、科學和技術的所有本領都帶上太空了。有了這些，想要什麼就能做出什麼。你們且等著瞧，他們會脫困的！」*

* 本書故事到此結束，巴比卡納、尼修勒、米歇勒·阿爾當的後續故事，請見儒勒·凡爾納作品《環繞月球》（即將出版）。

國家圖書館出版品預行編目資料

從地球到月球／儒勒．凡爾納著；呂佩謙譯
——初版——臺中市：好讀，2017.9
面； 公分，——（典藏經典；107）
譯自：De la terre à la lune

ISBN 978-986-178-439-7（平裝）

876.57　　106011153

好讀出版

典藏經典107

從地球到月球

De la terre à la lune

作　　者／儒勒．凡爾納 Jules Gabriel Verne
譯　　者／呂佩謙
總 編 輯／鄧茵茵
文字編輯／王智群、莊銘桓
內頁編排／王廷芬
行銷企畫／劉恩綺
發 行 所／好讀出版有限公司
臺中市407西屯區何厝里19鄰大有街13號
TEL:04-23157795　FAX:04-23144188
http://howdo.morningstar.com.tw
（如對本書編輯或內容有意見，請來電或上網告訴我們）
法律顧問／陳思成律師

戶名：知己圖書股份有限公司
劃撥帳號：15060393
服務專線：04-23595819轉230
傳眞專線：04-23597123
E-mail：service@morningstar.com.tw
如需詳細出版書目、訂書，歡迎洽詢
晨星網路書店 http://www.morningstar.com.tw

印　　刷／承毅印刷事業有限公司
初　　版／西元2017年9月15日
定　　價／280元
如有破損或裝訂錯誤，請寄回臺中市407工業區30路1號更換（好讀倉儲部收）

Published by How Do Publishing Co., Ltd.
2017 Printed in Taiwan
ISBN 978-986-178-439-7

讀者回函

只要寄回本回函，就能不定時收到晨星出版集團最新電子報及相關優惠活動訊息，並有機會參加抽獎，獲得贈書。因此有電子信箱的讀者，千萬別吝於寫上你的信箱地址

書名：從地球到月球

姓名：______________ 性別：□男 □女 生日：____年____月____日

教育程度：____________________

職業：□學生 □教師 □一般職員 □企業主管

□家庭主婦 □自由業 □醫護 □軍警 □其他__________________

電子郵件信箱（e-mail）：__________________ 電話：______________

聯絡地址：□□□ ______________________________________

你怎麼發現這本書的？

□書店 □網路書店（哪一個？）________________ □朋友推薦 □學校選書

□報章雜誌報導 □其他____________________________________

買這本書的原因是：__________________________________

□內容題材深得我心 □價格便宜 □封面與內頁設計很優 □其他__________

你對這本書還有其他意見麼？請通通告訴我們：

____

你買過幾本好讀的書？（不包括現在這一本）

□沒買過 □1～5本 □6～10本 □11～20本 □太多了

你希望能如何得到更多好讀的出版訊息？

□常寄電子報 □網站常常更新 □常在報章雜誌上看到好讀新書消息

□我有更棒的想法______________________________________

最後請推薦五個閱讀同好的姓名與E-mail，讓他們也能收到好讀的近期書訊：

1.____

2.____

3.____

4.____

5.____

我們確實接收到你對好讀的心意了，再次感謝你抽空填寫這份回函

請有空時上網或來信與我們交換意見，好讀出版有限公司編輯部同仁感謝你！

好讀的部落格：http://howdo.morningstar.com.tw/

好讀的臉書粉絲團：http://www.facebook.com/howdobooks

請填妥後對折黏貼，直接投郵即可，無須貼郵票。

廣告回函
台灣中區郵政管理局
登記證第3877號
免貼郵票

好讀出版有限公司　編輯部收

407 台中市西屯區何厝里大有街13號
電話：04-23157795-6　傳真：04-23144188

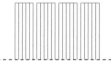

沿虛線對折

購買好讀出版書籍的方法：

一、先請你上晨星網路書店http://www.morningstar.com.tw檢索書目或直接在網上購買

二、以郵政劃撥購書：帳號15060393 戶名：知己圖書股份有限公司並在通信欄中註明你想買的書名與數量

三、大量訂購者可直接以客服專線洽詢，有專人爲您服務：
客服專線：04-23595819轉230 傳眞：04-23597123

四、客服信箱：service@morningstar.com.tw